Christine W. • Jugendamt schickt Kind ins Bordell zurück …

Christine W.

Jugendamt schickt Kind ins Bordell zurück ...

Das verheerende Schicksal einer Tochter

AUGUST VON GOETHE LITERATURVERLAG

FRANKFURT A.M. • WEIMAR • LONDON • NEW YORK

Die neue Literatur, die – in Erinnerung an die Zusammenarbeit Heinrich Heines und Annette von Droste-Hülshoffs mit der Herausgeberin Elise von Hohenhausen – ein Wagnis ist, steht im Mittelpunkt der Verlagsarbeit.
Das Lektorat nimmt daher Manuskripte an, um deren Einsendung das gebildete Publikum gebeten wird.

Bibliografische Information
der Deutschen Nationalbibliothek
Die Deutsche Nationalbibliothek verzeichnet diese Publikation in der Deutschen Nationalbibliografie; detail¬lierte bibliografische Daten sind im Internet abrufbar über http://dnb.d-nb.de.

Die Autoren des Verlags unterstützen den Bund Deutscher Schriftsteller e.V., der gemeinnützig neue Autoren bei der Verlagssuche berät. Wenn Sie sich als Leser an dieser Förderung beteiligen möchten, überweisen Sie bitte einen – auch gern geringen – Beitrag an die Volksbank Dreieich, Kto. 7305192, BLZ 505 922 00, mit dem Stichwort „Literatur fördern". Die Autoren und der Verlag danken Ihnen dafür!

Websites der Verlagshäuser der
Frankfurter Verlagsgruppe:

www.frankfurter-verlagsgruppe.de
www.frankfurter-literaturverlag.de
www.frankfurter-taschenbuchverlag.de
www.publicbookmedia.de
www.august-goethe-literaturverlag.de
www.fouque-literaturverlag.de
www.weimarer-schiller-presse.de
www.deutsche-hochschulschriften.de
www.deutsche-bibliothek-der-wissenschaften.de
www.haensel-hohenhausen.de
www.prinz-von-hohenzollern-emden.de

Gedruckt auf säurefreiem, alterungsbeständigem Papier, hergestellt aus chlorfrei gebleichtem Zellstoff (TcF-Norm).

Printed in Germany

ISBN 978-3-8372-1157-3
1. Auflage: 2012
2. Auflage: 2012
3. Auflage: 2013

Ein Unternehmen der Holding
FRANKFURTER VERLAGSGRUPPE
AKTIENGESELLSCHAFT
In der Straße des Goethehauses/Großer Hirschgraben 15
D-60311 Frankfurt a/M
Tel. 069-40-894-0 • Fax 069-40-894-194
E-Mail lektorat@frankfurter-literaturverlag.de

Medien- und Buchverlage
DR. VON HÄNSEL-HOHENHAUSEN
seit 1987

Vorwort

Dieser Roman erzählt die Tatsachengeschichte von einem jungen Mädchen, das unter der tyrannischen Herrschaft ihrer Mutter, einer Domina, lebt.

Sie wurde als Kind von ihrer Mutter gezwungen, sich selber für dieses Geschäft zu verkaufen und ihren eigenen Körper den Freiern zur Verfügung zu stellen.

Es ist eine sehr beeindruckende Geschichte, ehrlich und schockierend.

Minderjährig von der eigenen Mutter verkauft zu werden, einen Vater zu haben, der einen leider nicht beschützen kann.

Freier, die dafür sehr viel Geld bezahlen.

Ein Jugendamt, welches Augen und Ohren verschließt.

Warum?

Liebe Leserinnen und Leser,

wenn Sie diese Tatsachengeschichte lesen werden, können Sie sich vielleicht nicht vorstellen, dass es sich um eine wahre Geschichte handelt.

Ich kann Ihnen jedoch versichern, dass ich jedes dieser Erlebnisse tatsächlich und am eigenen Leibe erlebt habe. Wann oder ob ich das Erlebte überhaupt einmal vergessen kann, weiß ich nicht. Vergessen vielleicht ja, aber meiner Mutter verzeihen?

Urteilen Sie selbst!

I

Mein Leben beginnt in Nürnberg. Ganz genau in der Adamstraße.

Mein Name ist Christine, und ich bin stolze elf Jahre alt. Dann gibt es da meinen Bruder Bernd. Er ist ganze eineinhalb Jahre älter als ich und der absolute Schatz meiner Mutter. Egal, was er für einen Wunsch hat, er bekommt ihn erfüllt.

Dann gibt es noch meinen Vater Rudolf. Er ist Maurer und arbeitet in einem riesigen Kaufhauskonzern. Und dann gibt es da noch meine Mutter. Ihr Name ist Anuschka. Jeder kennt sie auch nur unter diesem Namen, obwohl das nicht ihr richtiger Taufname ist.

Sie sagt, das sei ihr Künstlername. Sie wollte sich diesen Namen sogar in den Ausweis eintragen lassen; da machten die Behörden allerdings nicht mit.

Jedes Mal, wenn ich sie anschaue, muss ich an Schneewittchen denken. Ihre Lippen sind rot, und ihre langen schwarzen Haare fließen an ihrem schlanken Körper hinunter.

Ja, sie ist bildhübsch und ein absoluter Hinschauer für die Männer. Aber so schön, wie meine Mutter auch aussieht, im Herzen ist sie eiskalt. Ich habe mich oft gefragt, wie oder was ich verkehrt gemacht habe, dass sie mich so hasst. Ich fühle mich wie ein lästiger kleiner Mitläufer, und so lieb ich auch meinen Bruder habe, er ist immer der Schatz meiner Mutter. Ich frage mich oft, was ich wohl verkehrt gemacht habe, dass sie mich so hasst und ihn so liebt.

Ich sitze mal wieder in meinem Zimmer, wenn man das überhaupt Zimmer nennen kann. Ich schäme mich so dafür, dass ich so lebe, wie ich lebe. Von außen sieht unsere Drei-Zimmer-Wohnung so bescheiden und normal aus. An der Tür hängt ein Schild mit der Aufschrift

Fußpflege und Massagen, da meine Mutter diesen Beruf ausübt. So dachte ich damals jedenfalls.

Keiner, der davor steht, würde denken, dass ich auf einer Wartebank in einem Wartezimmer schlafen muss.

Ich wünsche mir ein eigenes kleines Zimmer. So gerne möchte ich einen Schreibtisch wie meine Freundin Manja haben. Ach, die hat es ja so gut. Ihre Mutter kocht jeden Tag etwas zu essen, und sie ist immer für sie da. Sie hat sogar ein eigenes Zimmer.

Warum nur habe ich keinen kleinen Schreibtisch, wo ich meine Hausaufgaben machen kann?

Eine winzig kleine Spielecke. Ach, das wäre ja so schön!

Ich ärgerte mich wieder gerade über die Gedanken, wie schön es meine Freunde haben, als es auf einmal an der Tür klingelte.

Die „Kunden", die zu uns kommen, sind sehr nobel und elegant. Ob Richter, Firmeninhaber, Rechtsanwälte oder Staatsanwälte. Das Nachdenken habe ich aufgegeben, wieso wohl nur solche Leute zu uns kommen.

Ich wollte mich gerade auf den Weg zur Haustür machen, als ich bereits Stimmen hörte.

Ich war neugierig geworden, als eine tiefe dunkle Stimme in dem langen Gang unserer Wohnung erschallte. Mama hatte mir streng verboten, das Zimmer zu verlassen, wenn Kunden da waren. Die Neugier zerrte an mir. Ich schlich zur Tür und schaute durch das Schlüsselloch, um den Kunden zu sehen. Ein großer dunkelhaariger Mann stand im Flur, Mama leicht bekleidet daneben. Mein Herz raste. Ich sollte eigentlich die Putzarbeiten erledigen, aber die Frage, warum meine Mutter in so einem knappen Outfit die Tür aufmachte, beschäftigte mich.

Unsere Wohnung, die auch gleichzeitig die Arbeitswohnung meiner Mutter ist, sieht sehr elegant aus. Unser Wohnzimmer darf von keinem Kunden betreten werden. Da steht auch mein Klavier drin. Einmal in der Woche muss ich zum Klavierunterricht gehen. Ich liebe mein Instrument. Nur darf ich viel zu selten darauf spielen. Ich verstehe das nicht. Wenn ich zum Unterricht gehe, bekomme ich immer Lieder zum Üben auf. In der nächsten Stunde muss ich die Lieder fehlerfrei vorspielen können. Wieder einmal bekam ich Schimpfe. Ich konnte das Lied nicht fehlerfrei spielen.

„Du bist faul!“, schimpfte die Klavierlehrerin. Das ist so gemein! Wie soll ich es denn spielen können, wenn ich nicht üben darf? Wir dürfen leider keinerlei Lärm in der Wohnung machen. Kein Kunde darf wissen, dass wir in der Wohnung sind! Immer müssen wir absolut still sein. Dadurch darf ich auch fast nie Klavier spielen üben.

Nur manchmal abends, aber dann stört es meistens meinen Vater. Mutter stellt dann fest, dass es eh zu laut ist und es die anderen Hausbewohner stören könnte. Ja, so war sie halt!

Der Kunde ist jetzt zu meiner Mutter ins Arbeitszimmer gegangen. Ihr Lachen klingt noch in meinen Ohren. Mit Kunden lacht sie immer. Da kann sie so nett sein! Warum ist sie nie so nett zu mir? Ich bin immer so nett und lieb zu ihr. Ich wünsche mir, dass sie mich einmal in den Arm nehmen würde. Vielleicht heute abend einmal, vielleicht aber auch morgen. Ich weiß schon, Träume sind Schäume.

Ich musste dringend auf die Toilette. Sollte ich mich an ihrer Tür vorbei schleichen? Wenn sie mich hören sollte, bekomme ich Schläge, wenn der Kunde weg ist.

Jetzt war der Kunde in ihrem Behandlungszimmer, da darf ich den Gang nicht betreten. Ich nahm meinen ganzen Mut zusammen und ging ganz leise Richtung WC.

Bitte, bitte, lass mich leise sein! Ich darf die Türklinke nur ganz leicht und leise herunter drücken. Ich drückte nicht auf die Wasserspülung. Nein, ich traute mich nicht. Die könnte und würde sie bestimmt hören.

Ich schwitzte jetzt und schlich mich zurück ins Wohnzimmer. Aber ich habe es geschafft. Sie hat mich nicht gehört!

Ich musste an gestern denken. Ich wollte mir ein Glas Wasser aus der Küche holen, und mir fiel dummerweise das Glas runter. Als der Kunde gegangen war, kam meine Mutter in die Küche und schlug mich mit der Hundeleine windelweich. Das muss man sich mal vorstellen! Nur, weil mir als Kind ein Glas runtergefallen war.

Meine Mutter flippte wirklich oft aus. Von einer Sekunde auf die andere konnte sie total wütend werden, eigentlich wegen nichts.

Da konnte sie innerhalb weniger Sekunden zur Bestie werden.

Und wenn sie mich dann schlug, dann hasste ich sie noch mehr.

Das dritte und letzte Zimmer ist das Arbeitszimmer. Hier schlafen nachts meine Eltern, und am Tag ist es das „Behandlungszimmer".

Hier findet sich alles wieder, was ich mit dem Wort Foltergeräte in Verbindung bringen kann. Wie soll Mutter auf dem großen X, das an der Wand hängt und mit lauter Ketten und Seilen behangen ist, nur Patienten massieren?

Die Wände musste mein Vater sogar extra schalldicht dämmen und die Tür mit dicken Polstern verbauen. Die Zimmerwände sind ringsherum mit Spiegeln verkleidet. Immer und überall brennen Kerzen im Raum. Die Massagebank sieht sehr komisch aus. Sie hat Löcher in der Mitte, und an allen Seiten hängen Handschellen und Fesseln.

Ich frage mich immer wieder, ob denn die kranken Patienten angebunden werden müssen.

Mutter darf ich darauf nicht ansprechen oder fragen, denn wir dürfen dieses Zimmer normalerweise nicht betreten.

Kein Tageslicht ist in diesem Raum, und es liegt immer so ein etwas süßlicher und doch angenehmer Geruch in diesem Zimmer. Die Fenster sind mit langen wehenden Vorhängen verhüllt.

Dieser Raum macht mir irgendwie Angst, denn er hat so eine einzigartige knisternde und auch düstere Atmosphäre.

Hätte ich damals schon geahnt, welche Qualen ich hier einmal erleben würde, dann wäre ich abgehauen oder hätte mich umgebracht! Aber ich möchte der Reihe nach erzählen.

Bis zu dem Tag X hatte ich ja keine Ahnung, was meine Mutter für ein Gewerbe ausübt. Ich dachte doch tatsächlich, hier werden Fußpflegen und Massagen an kranken Menschen durchgeführt.

Ja, irgendwie waren es ja auch Massagen an kranken Menschen.

Diese Männer waren halt nur etwas anders krank.

Den ersten Hinweis erhielt ich mit etwa elf Jahren.

Ich muss schon wieder putzen. Ich soll den Wohnzimmerschrank ausräumen und alle Gläser und Figuren abreiben. Ich muss an meine Freundin Manja denken: sie geht später ins Schwimmbad. Ich habe ja Mutter gefragt, ob ich auch mit ins Schwimmbad gehen darf, aber wie fast immer kam ein Nein.

Ich will nicht putzen. Draußen scheint die Sonne so schön vom Himmel herunter, und wenn ich jetzt einfach leise gehe, wird sie es merken! Ganz bestimmt, sie bekommt ja immer alles mit!

Jemand schreit und stöhnt leise, von ganz weit her. Der nasse Lappen fällt mir runter. Ich bekomme Angst. Es muss aus unserer Wohnung kommen. Mein ganzer Körper zittert, bestimmt tut der Mann meiner Mutter etwas an. Ich werde ihr helfen, egal wie!

Schritt für Schritt schleiche ich mich zur Tür, zum Behandlungszimmer. Ja, da sind sie wieder, diese Geräusche.

Leise drücke ich mein Ohr an die Tür. Da lacht Mutter, ich höre sie lachen, nur der Mann stöhnt leise vor sich hin. Was passiert hinter dieser Tür?

Mutter muss wütend sein, denn sie sagt: „Gehorche meinen Befehlen! Nein, du willst nicht?“ Dann höre ich einen Laut wie von einer Peitsche, dann nur noch leises Jammern.

Mein Herz rast, meine Hände sind feucht. Was passiert hinter dieser Tür?

Mein Puls pocht mir bis zum Hals. Ich habe Angst und weiß nicht, was das alles zu bedeuten hat.

Erst später konnte ich die Vorgänge in diesem Behandlungszimmer verstehen.

Dann gab mir meine Mutter einmal wieder neue Aufgaben. Mein neuer Aufgabenbereich sieht so aus, dass ich ab sofort jeden Tag auch noch die Wäsche einschließlich Bügeln übernehmen muss. Die Wäschemangel werde ich wohl nie vergessen. Eine heiße runde Walze, mit welcher ich die Berge von Bettlaken glätten musste. Keine Falte durfte sich im Laken befinden. Mit meinen bereits normalen Putzarbeiten und nun auch noch der Wäsche dazu, war mein Tagesablauf voll ausgefüllt. Oft weinte ich und kam mir vor wie Aschenputtel.

Wöchentlich musste ich die Fenster in der Wohnung auf Hochglanz polieren. Mit Zeitungspapier! Keine Streifen durfte sich im Glas befinden. Die Küche musste ich tipptopp in Ordnung halten. Nachts, wenn kein Freier mehr da war, musste ich die Wäsche machen. Freizeit oder Kindheit kannte ich nicht.

Die Schulkameraden hänselten mich, wenn sie mich die Fenster putzen sahen. Die machten sich auch noch lustig darüber. Wenn die wüssten!

Abends gingen meine Eltern und mein Bruder Bernd oft ins Kino oder zum Essen. Zu solchen Unternehmungen wurde ich generell nicht mitgenommen. Ich musste in dieser Zeit die liegengebliebene Hausarbeit erledigen.

Man kann sich die innere Einsamkeit nicht vorstellen. Ich denke immer nur: Warum nehmen sie mich nicht auch mal mit?

Die können mich doch nicht einfach vergessen!

Wenn sie zurückkommen, höre ich ihr Lachen schon im Treppenhaus. Ich bin kein neidischer Mensch. Nein, Neid ist nicht mein Ding! Aber in diesen Momenten wünschte ich mir, ich wäre an der Stelle meines Bruders. Meinen Bruder liebt meine Mutter von ganzem Herzen. Er bekommt so ziemlich alles, was er sich wünscht.

Damals wusste ich allerdings auch noch nicht, welchen Preis er dafür zahlen musste!

Letztens haben meine Eltern ihm tatsächlich ein eigenes Motorrad, eine K 50 gekauft. Ein richtig heißer Ofen. Die blaue Farbe leuchtet in der Abendsonne, und die Chromteile glänzen wie pures Silber.

Dazu bekam er natürlich auch eine passende Lederkombi.

Ja, er wurde so sehr geliebt, dass einem das Zusehen bereits weh tat.

Meinem Bruder gebe ich keine Schuld. An nichts.

Er nahm ja nur, was er geschenkt bekam. Ob Güter oder Liebe, er nahm es einfach an.

Er konnte ja nicht ahnen wie ich leide, und er wusste ja auch nicht, wieviele Tränen ich in diesen Nächten weinte.

Zu dieser Zeit leistete ich meinen ersten Schwur.

Niemals würde ich, falls ich einmal zwei Kinder haben sollte, so ungerecht handeln. Niemals würde ich meinem kleinen Mädchen so weh tun! Niemals“!

Eines Nachts wurde ich durch lautes Geschrei im Haus geweckt.

Meine Mutter stürmte zu mir ins Zimmer herein und befahl mir, mich sofort anzuziehen. Mitten in der Nacht!

Mein Bruder war an diesem Abend nicht nach Hause gekommen.

Damals gab es ja noch keine Handys, und so konnte sie ihn nicht erreichen. Die Sorge stand ihr ins Gesicht geschrieben.

Mein Vater und sie machten sich sofort mit dem Wagen auf, um ihn zu suchen. Gleichzeitig sollte ich alleine und mitten in der Nacht seine Freunde, die im näheren Umfeld wohnten, abklappern um festzustellen, ob seine Maschine irgendwo vor einer Tür stand.

Nie werde ich diese Nacht vergessen.

So irrte ich also alleine durch die finsteren Straßen und Gassen, schaute, ob ich Bernds Motorrad irgendwo stehen sah.

Düstere Gestalten kamen mir entgegen. Ich hatte schreckliche Angst!

Ich rannte und rannte. In einer Hofeinfahrt verkroch ich mich. Tränen rannen über mein Gesicht. Eine Jacke hatte ich auch nicht dabei, und so fror und zitterte ich vor Kälte.

Ich traute mich aus dieser Einfahrt nicht mehr raus. Ich dachte, ob es meine Eltern überhaupt bemerken würden, wenn ich nie mehr zurückkäme? Ja, ich wollte einfach in dieser kalten Hofeinfahrt sitzen bleiben und sterben.

Aber so geht das halt nicht. Irgendwann, ich weiß nicht mehr wie, bin ich dann wieder nach Hause gekommen. Wieviele Stunden ich weg war, weiß ich heute nicht mehr.

Als ich erschöpft und mit zitternden Gliedern zu Hause ankam, saß der Rest meiner so glücklichen Familie am Küchentisch.

Bernd war angeblich nur bei einer Freundin eingeschlafen.

Er musste hoch und heilig versprechen, dass das nie wieder passieren würde. Und damit war die Sache erledigt.

Und es hätte wohl keiner gemerkt, wenn ich nicht zurückgekommen wäre.

Aber viele weitere Tage und Abende folgten.

In Anbetracht dessen, was ich noch erleben sollte, war das alles nichts.

Einmal, an einem dieser Abende, kam ein Klassenkamerad bei mir vorbei. Da ich ja alleine zu Hause war, habe ich trotz des Verbotes meiner Mutter, dass ich niemals einen meiner Freunde in die Wohnung lassen darf, diesen Klassenkameraden in die Wohnung gelassen.

Ausgerechnet an diesem Abend kam meine Mutter früher zurück. Sie hatte echt einen siebten Sinn.

Als sie meinen Schulfreund in unserer Wohnung vorfand, und wir hatten uns nur kurz unterhalten, war der Teufel los. Als erstes warf sie den Jungen hochkant aus der Wohnung. Dann nahm sie sich die Hundeleine von der Flurgarderobe und schlug mich windelweich. Diese Lektion werde ich wohl nie mehr vergessen.

Den Spott der anderen Klassenkameraden auch nicht. Das ging herum wie ein Lauffeuer.

Meine Mutter hatte in den ganzen Jahren einen sogenannten Butler. Sein Name war Richard. Er war Rentner, und sein Lebensabend bestand darin, meiner Mutter zu „dienen". Er musste einkaufen gehen, die Freier reinlassen, Kaffee kochen und das Schönste, er durfte meine Mutter massieren.

Die Massagen sahen so aus, dass er bei ihren Füßen begann und über ihren Hintern nicht hinauskam.

Wie oft musste ich diese ekelhaften Szenen beobachten, wenn er mit seinen dicken Finger den Körper meiner Mutter befummelte. Sie genoss es aber, denn ich hörte es an ihrem Stöhnen.

Wenn ich sie heimlich dabei erwischte, machte ich immer, dass ich sofort davon kam. Ich konnte das einfach nicht mit ansehen. Das war einfach nur ekelhaft!

Lohn bekam dieser Richard nicht. Seine Belohnung sah ganz anders aus. Etwa einmal pro Woche durfte er in das „Behandlungszimmer". Dann bekam er seinen Sex. Da Richard damals schon ein hohes Alter hatte, er war ungefähr siebzig Jahre alt, konnte er mit keiner Frau mehr schlafen, weil er keinen Ständer mehr bekam. Aber meine Mutter konnte ihm helfen. Sie konnte ja jedem Typen helfen.

Er wurde an seinem Penis mit ihren Händen und anal mit einem Vibrator befriedigt. Später zwang sie mich, dabei zuschauen. Das war zum Kotzen. Da stand er, sein ganzer Körper zitterte.

Sein Gestöhne konnte man durch die ganze Wohnung hören. Einfach schrecklich.

Hinterher stand er im Bad und wusch über dem Waschbecken sein „Gehänge" ab. Er verschloss auch nie die Tür. Ich denke oft, er wollte, dass ich ihn dabei beobachten musste.

Wenn er mich dann sah, was ja täglich der Fall war, machte er mich immer extrem dumm an.

Dann sagte er zu mir: „Na, hast du es dir heute auch schon gemacht?" Oder: „ Soll ich es dir mal besorgen?"

Dann wollte er mir Tipps geben, wie es ja besonders schön wäre. Dabei hatte er jedes Mal ein fieses Grinsen auf den Lippen. Er geilte sich regelrecht daran auf, wenn er mich damit in absolute Verlegenheit brachte.

Er ließ keine Gelegenheit aus mich zu betatschen. Immer wieder berührte er meinen Busen und meine anderen Körperteile.

Als ich einmal in der Badewanne lag, kam er zu mir ins Bad geschlichen und wollte mir den Rücken waschen. Das war natürlich nur ein Vorwand. Ich wollte, dass er sofort das Badezimmer verlässt, aber er ging nicht raus. Da meine Mutter noch einen Freier in ihrem Behandlungszimmer hatte, konnte und durfte ich nicht laut werden. Hätte ich meine Mutter gerufen, hätte ich danach Prügel bezogen. Also konnte ich nur durch Betteln versuchen, dass er das Badezimmer verlässt.

Aber er ging nicht raus. Er versuchte an diesem Tag zum ersten Mal, mit seinen Händen meinen Intimbereich zu streicheln. Es gelang mir in letzter Sekunde, aus dem Wasser und aus dem Bad zu flüchten.

Leider hatte er ab diesem Zeitpunkt keine Skrupel mehr, mir jeden Tag nachzustellen. Sobald er mit mir alleine war, ging die Hetzjagd auf meinen Körper los. Immer und überall musste ich mich zur Wehr setzen. Selbst beim Essen probierte er mich zu streicheln. Es war ein Alptraum!

Einmal lag ich mit Fieber im Bett. Das war der Horror für mich.

Erstens belegte ich ja das Wartezimmer, in dem mein provisorisches Bett stand, und zweitens war ich ja eine große Belastung für meine Mutter, wie sie sagte.

Ich weiß nicht warum, aber mir wurde nie geholfen.

Ich hatte um die 39,5 Grad Fieber.

Ich fror, und meine Glieder schmerzten fürchterlich.

Teilweise schüttelten Alpträume meinen Körper. Ich wachte auf und hatte fürchterliche Angst. Tränen rannen immer wieder über meinem Gesicht. Mein Körper war durch und durch nass geschwitzt, mein Nachthemd und meine Haare klebten an mir. Ich fühlte mich schwach.

Ich spürte auf einmal Hände, die meinen Schenkel streichelten. Träume oder wache ich? Wo bin ich?

Hände suchen den Weg zu meinem Intimbereich. Ich presse meine Schenkel zusammen. Fester, immer fester.

Dann streichelt eine andere Hand meinen Kinderbusen. Tut mir fast schon weh dabei. Ich versuche meine Augen zu öffnen. Schwer wollen meine Lider immer wieder zufallen.

Dann komme ich in die reale Welt zurück. Und sehe Richard vor meinem Bett sitzen. Beide Hände unter meiner Zudecke, versucht er meinen Körper zu erkunden. Ich stoße ihn weg. Ach, wenn ich nur nicht so kraftlos wäre. Dann beginne ich zu weinen, und er verlässt mein Zimmer. Glück gehabt. Ja, auch ich hatte manchmal Glück.

Hilfe von meiner Mutter konnte ich ja leider nie erwarten. Wie oft probierte ich ihr zu sagen, was da vor sich ging. Entweder sie wollte mir nicht zuhören, oder sie wusste, dass ich die Wahrheit sagte und wollte mir nicht helfen.

Ich weiß bis heute nicht, wie eine Mutter so reagieren kann.

Aber es sollte ja alles noch viel viel schlimmer kommen.

Als schön kann ich mein Leben zu dieser Zeit nicht bezeichnen.

Da meine Mutter morgens ja immer schlief, mussten wir immer sehr leise sein, damit wir sie ja nicht aufweckten. Ein Frühstück kannten mein Bruder und ich damals nicht. Geld zum Brötchen kaufen hatten wir auch nicht. Wir bekamen leider auch kein Taschengeld. Hätte ich damals meine beste Freundin Manja nicht gehabt, hätte ich noch viel mehr Hunger leiden müssen.

Bevor ich morgens in die Schule gehen durfte, musste ich jeden Tag den Hund meiner Mutter ausführen. Der Hund war ein großer Rottweilerrüde. Äußerst groß und bedrohlich. Da er viel kräftiger war als ich, war es jeden Tag ein Kampf, den Hund wieder nach Hause zu bekommen.

Der Rüde sah sich selber als Chef. Irgendwie hatte ich viel Glück, dass ich von dem Hund nicht gebissen wurde.

Eines Tages war der Hund auf einmal weg. Meine Mutter erzählte uns nur, dass der Hund sie im Schlaf beinahe gebissen hätte. Er wäre mit seinem Kopf knurrend über ihrem Gesicht gewesen. Als sie durch das Geräusch aufwachte, hatte sie so viel Angst bekommen, dass sie den Rottweiler noch am gleichen Tag abgab.

Das war damals ein wirklich schönes Erlebnis für mich.

Wenn ich mittags aus der Schule kam, musste ich Essen machen. Danach musste ich die Küche aufräumen. Natürlich nur in der Zeit, wenn kein Freier im Haus war.

Kaum war die Arbeit fertig, durfte ich das Bad oder das Wohnzimmer putzen. Ja, ich musste jeden Tag putzen. Alle Fenster mussten glänzen. Überhaupt legte meine Mutter ihre ganze Aufmerksamkeit auf die Sauberkeit der Wohnung. Nur leider war ich die einzige Person, welche die Wohnung reinigen durfte.

Wenn sie ihre Launen hatte, und die hatte sie fast jeden Tag, dann ging sie an die Schränke und warf alle Kleidungsstücke auf den Boden. Ihre Befehle schrie sie mir dann ins Gesicht.

Die Kleidungsstücke mussten in Reih und Glied liegen. Fast täglich mussten die Schränke feucht ausgerieben werden. Es war einfach schrecklich und ein Putzen ohne Ende.

Ausgehen durfte ich leider nie. Ich durfte fast nie weg. Es war wie in einem Gefängnis.

Meine Mutter machte mir schon damals Angst. Sie hatte eine Art mich anzusehen, da kroch mir die Gänsehaut am Körper rauf.

Sie hatte so harte, kalte Augen, dann das grantige Gesicht dazu, ihre Haltung, die einen gleich in die Knie zwang. Oft hatte sie schon einen Gegenstand in der Hand, mit dem sie zuschlagen wollte, bevorzugtes Objekt die Hundeleine, und sie schlug damit auch oft genug zu.

Oft und manchmal noch heute sehe ich diesen Blick in meinen Träumen.

Nein, Alpträume ist das richtige Wort dafür!

Dann ihr Kleiderzwang, der Horror für jede Jugendliche.

Da ich ja kein Geld kosten durfte, holte sie sich meine Kleidung von so einer Kleiderkammer.

Da gab es dann den Abschaum von getragener und alter Kleidung.

Mein Bruder wurde dort natürlich nicht eingekleidet. Für ihn gab es extra Einkaufstouren in normale Geschäfte.

So erhielt ich da eines Tages einen blauen Faltenrock. So einen, wie die Omis ihn tragen. Der war fast knöchellang. Und potthässlich! Sie zwang mich doch tatsächlich, dieses absolut hässliche Teil zu tragen. In der Schule zu tragen.

Die Mitschüler bekamen schon einen Lachanfall, wenn sie mich von weitem sahen. Ich schämte mich in Grund und Boden.

Ich dachte oft, dass sie mich extra so hässlich angezogen in die Schule schickte, weil sie mich aus irgendeinem Grund hasste.

II

Der folgende Lebensabschnitt sollte mein weiteres Leben für alle Zukunft zeichnen.

Ich war zu diesem Zeitpunkt um die vierzehn Jahre jung. Es war ein ganz normaler Tag bisher. Als ich wie immer aus der Schule heimkam, wartete meine Frau Mutter bereits auf mich.

Das war überhaupt nicht üblich.

Sie sah mich mit einem sehr komischen Blick an und war äußerst nett und freundlich zu mir. Diese Art kannte ich nicht an ihr, und sie machte mir Angst. Sie war sonst nie nett oder freundlich zu mir.

Was war los?

Dann kam der Satz.

Der Satz, den ich nie vergessen werde.

Sie fragte mich tatsächlich, ob ich schon mal mit einem Jungen geschlafen hätte.

An diesem Tag plante meine Mutter erstmals, mich für ihr Geschäft zu missbrauchen.

Von diesem Tag an betrachtete sie mich als Verkaufsmodel. Ich kann mir bildlich vorstellen, wie sie sich bereits ihre Mehreinnahmen im Kopf zusammenrechnete.

Jetzt konnte ich auch ihren Blick von damals deuten. Sie fragte sich bestimmt damals schon, ab wann sie mich in ihr widerwärtiges Geschäft einbauen könnte.

Sie wollte meinen jungen Körper, meine Jugend und meine Unschuld an ihre Freier verkaufen. Das war alles geplant. Ein teuflischer Plan!

Ich verneinte diese Frage, denn ich hatte ja bis dato wirklich keine sexuellen Kontakte.

Wäre es anders gewesen, hätte ich es ihr auch bestimmt nicht erzählt.

Bei meiner nicht vorhandenen Freizeit wäre das auch fast nicht möglich gewesen. Meine sexuelle Aufklärung erfuhr ich aus einer bekannten Teenagerzeitung sowie von meiner besten Freundin.

Dann fragte sie mich, ob ich mir zehn Mark verdienen möchte.

Klar wollte ich das, Taschengeld gab es so gut wie keins. Auf meine Nachfrage hin womit, erklärte sie mir, dass ein „Kunde" von ihr gerne mit mir schlafen würde. Er bevorzuge es jedoch, wenn ich auch noch Jungfrau wäre. Sie wollte quasi meine Unschuld verkaufen! Sie mir von einem ihrer Freier nehmen lassen.

Das war wirklich der Gipfel ihrer Gemeinheit!

Niemals hätte ich mit so einer Frage gerechnet. Mir wurde schlecht! Ich hätte mich fast übergeben müssen. Ich hatte Angst, wie sie mein Nein annehmen würde. Ich schrie nur: „Niemals im Leben, niemals mache ich das, dann bring ich mich eher um!"

Ich kann keinem Menschen die Gedanken, die ich in diesem Moment hatte, mitteilen. Ich hatte sogar fürchterliche Angst, dass sie mich gegen meinen Willen an einen ihrer Freier verkaufen würde.

Da wusste ich ja auch noch nicht, dass sie das sowieso machen würde.

Ich wollte nur noch weg. Aber wo hätte ich denn hin können?

Verwandte hatten wir keine, und meine einzige Freundin war ja auch erst vierzehn Jahre alt. Mein Bruder, der Liebling meiner Mutter, hätte mir bestimmt auch nicht helfen können. Er war ja selber noch viel zu jung. Es war zum Heulen. Damals dachte ich tatsächlich an Selbstmord. Nur dazu war ich viel zu feige. Damals noch.

Nein, das hätte ich niemals gemacht. Ich wusste instinktiv, dass ich da raus musste. Egal, wohin!

Aber auch das war unmöglich. Ich war einfach nicht alt genug dafür.

Als mein Vater abends von der Arbeit nach Hause kam, erzählte ich ihm von dem Vorschlag meiner Mutter. Sie hat alles abgestritten, und er hat mir leider keinen Glauben geschenkt.

Er wusste, dass ich die Wahrheit sagte, aber er durfte mir nicht helfen oder Recht geben. Das tat er sowieso nie.

Ich verstand die Welt nicht mehr.

Mein Vater tat überhaupt nur das, was meine Mutter von ihm wollte. Er hatte überhaupt keine eigene Meinung, und noch weniger traute er sich etwas zu sagen oder zu machen, was meiner Frau Mama missfiel.

Tagtäglich beschimpfte sie ihn mit den schlimmsten Worten.

Wie oft nannte sie ihn einen Taugenichts, ein Arschloch, einen der nichts kann. Ich höre noch ihre Worte, wenn sie ihm den Tod wünschte, sie schrie ihn oft an und machte ihn total fertig.

Alle Männer wären besser im Bett als er und so weiter.

Ich weiß bis heute nicht, warum er sie nicht verlassen hat.

Heute, Jahre später, weiß ich, dass er ihr total hörig war und das auch bis zum heutigen Tage geblieben ist.

Leider.

Bereits am nächsten Tag bekam ich das Ausmaß meiner Ehrlichkeit zu meinem Vater zu spüren. Sie wollte mich dafür bestrafen, und sie bestrafte mich auch.

Die Art der Bestrafung lag darin, dass ich mich ab sofort unter der Behandlungsbank verstecken musste. Oben auf dem Tisch wurden die Freier behandelt, und ich saß unten drunter.

Man muss sich hier so eine Art Massagebank vorstellen. Diese Massagebank wurde mit langen Bettlaken abgedeckt.

Unter dieser Massagebank musste ich mich, bevor der nächste Freier kam, legen.

Ich durfte überhaupt keinen Laut oder Ton von mir geben. Der Kunde durfte quasi nicht merken, dass ich unter dieser Behandlungsbank steckte.

Mein Herz schlägt bis zum Hals. Ich traue mich nicht, mich zu bewegen, die Sekunden erscheinen mir wie Stunden.

Meine Hände sind nass geschwitzt, und ich glaube schreien zu müssen. Wie lange muss ich hier unten noch ausharren?

So musste ich die Sex-Behandlung verschiedener Kunden, also die sexuellen Befriedigungen der Freier, direkt miterleben.

Und damit ging sie nicht zimperlich um. Da gab es zum Beispiel einen Kunden, der hieß Rehbein. Das war ein Stammkunde, und der kam einmal pro Woche. Der wollte immer, dass meine Mutter eine Perlenkette um ihren nackten Hals trug.

Dann musste sie solange mit der Kette über seinen Penis gleiten, bis er davon einen Orgasmus bekam.

Ein anderer wollte geknebelt und gefoltert werden. Durch eine Öffnung in der Massagebank hing sein Glied zu mir herunter. Er wurde von meiner Mutter nur mit einer Peitsche geschlagen und dabei anal befriedigt.

Als er zum Samenerguss kam, bespritzte mich sein Samen. Es war einfach nur ekelhaft.

Nächtelang hatte ich Alpträume. Ich hatte immer die Bilder von den Folterungen vor Augen.

Dann diese ekelhaften Schimpfwörter, mit denen sie ihre Freier beschimpfte.

Heute weiß ich, dass die Freier genau wussten, dass ein Kind unter der Massagebank saß.

Sie geilten sich an den Gedanken auf, dass ein Kind diese sexuellen Handlungen mitbekommen mussten und zahlten dafür gerne etwas extra.

Sie mussten für diesen Service einen kräftigen Aufpreis löhnen.

Die richtigen Namen der Freier werde ich nicht nennen, da sich darunter auch viele bekannte Namen befinden und ich diese nicht bloßstellen möchte.

Für mich dachte sich meine Mutter leider immer wieder neue Aufgaben aus.

Nachdem ich eine ganze Zeit lang unter der Bank liegen musste, wurde es für die Freier langsam zu langweilig und uninteressant.

Sie wollten andere Sachen geboten haben.

Und meine Mutter hatte die passenden Ideen.

In Zukunft musste ich mich zum Beispiel vor ihren Freiern ausziehen.

Es fing aber alles ganz langsam an.

Erst erzählte sie mir, ich sollte mich nur zur Musik bewegen. Angezogen.

Nach und nach wurde ich dann schon fast tagtäglich ins Arbeitszimmer gerufen, um ihr bei der Arbeit zu helfen.

So stand ich also angezogen im Arbeitszimmer. Musik klang immer aus ihrem CD-Player. Die Freier lagen entweder auf der Massagebank oder hingen an ihrem Kreuz. Am Kreuz trugen viele von ihnen so eine Maske, die Augen und Mund nur andeutete.

Zum Fürchten. Die ersten Monate gingen mir die Masken nicht mehr aus dem Sinn. Die verfolgten mich regelrecht. Panisch wachte ich oft auf und war glücklich, wenn es nur ein Traum war.

Die ersten Minuten quälten mich. Mir graute es vor dem ersten Anblick, der mich gleich erwarten würde.

Und da standen oder lagen sie dann, die ach so tollen Freier. Männer mit Rang und Namen, die wollten, dass ich ihr Glied ansah. Man dachte oft, dass das ihr einziger Stolz wäre.

Dann die fast immer gleichen Fragen. „Geilt er dich auf? Na sag schon, geilt er dich auf?“

Dann diese gierigen Blicke, Blicke die mich auszogen, Blicke, die mich einfach nehmen wollten.

Die sehen meine Angst. Ich spüre, dass sie meine Angst merken und genießen. Nein, die brauchen meine Angst und zahlen ja auch dafür.

Dann hat meine Mutter extra einen Stuhl für mich angeschafft. Einen Stuhl, auf dem ich tanzen sollte.

Ich saß also kurz vor den Freiern auf diesem Stuhl und musste mich darauf räkeln und mich zur Musik bewegen. Kurze Zeit später musste ich nach und nach meine Kleidung ausziehen.

Aber sie ging noch weiter.

Später, wenn ich dann ausgezogen war, durften sich die Freier an meinem jungen Körper vergreifen. Aber sie durften noch nicht alles mit mir machen. Schlafen durfte noch keiner mit mir. Das verbot sie.

Sie verlangte immer mehr. Ich war in einem Sog gefangen und konnte nicht entfliehen. Ich wusste einfach nicht, an wen ich mich wenden sollte. Ich traute mich auch nicht, meiner besten Freundin Manja die Wahrheit zu sagen. Ich schämte mich ja so arg. So unsagbar arg!

Ich konnte ja eigentlich nichts dafür, und trotzdem fühlt ich mich schuldig.

Manche von ihren ausgesuchten „guten Freiern“ durften mich auch unten küssen. Es war so beschämend, wenn ich mich zum Beispiel über das Gesicht eines Kunden breitbeinig knien musste und diese mich dann im Intimbereich küssen durfte.

Gleichzeitig betatschten sie meinen Körper.

Einfach beschämend.

Meine Mutter saß dann gleichzeitig auf dem Glied der Männer und befriedigte diese oder massierte sie an ihrem Glied.

Einfach grauenvoll!

Das war die schrecklichste Zeit in meinem Leben.

Ich schämte mich so sehr. Je ängstlicher ich wurde, desto mehr Spaß hatten die Freier.

Die Kunden wurden oft an diesem schwarzen X gefesselt. Manchmal hängte sie schwere Gewichte an die Brustwarzen der Männer. An ihre Hoden brachte sie so Ringe an, dann stand sie vor ihnen, in ihren hohen schwarzen Lackstiefel und befriedigte diese Typen.

Ob mit Peitsche oder künstlichen Penissen, es kam alles zum Einsatz. Sie kannte keine Tabuzone.

Das war damals eine angesagte Nummer. Durch ihre außergewöhnlichen sexuellen Handlungen machte sie die Männer von sich abhängig.

Die kamen immer öfter und bezahlten richtig viel Geld dafür.

An einen Kunden kann ich mich besonders gut erinnern. Er arbeitete bei einer großen Versicherung und war dort ein richtig großes Tier. Er leitete alle Außendienstabteilungen.

Ich nenne ihn jetzt einfach mal Paul.

Jeder Freier musste vor seiner Behandlung ins Bad.

Da wurde dann jedem Freier der Pimmel persönlich gewaschen. Solche Aufgaben musste ich auch immer öfter erledigen.

So wie an diesem Tage auch Paul von mir gewaschen wurde. Er war ein für mich unangenehmer Freier. Alle Freier waren für mich damals schrecklich.

Er hatte immer fettige Haare, und seine Körperfülle war nicht zu übersehen. Er roch nie richtig gut, und seine Füße stanken.

Ich war glücklich, dass ich nicht alles mit ihm machen musste. Nach der Wäsche ging er ins Arbeitszimmer zu meiner Mutter. Er war so ein „Kreuzkunde"!

Er ließ sich an dieses X festmachen. Er stand überwiegend auf Schläge.

Leider musste ich diese ekelhafte Aufgabe übernehmen, da meine Mutter ja damit beschäftigt war, diesen Kerl zu befriedigen.

Schlagen wollte ich ihn aber nicht. Es graute mir davor! Also traf ich ihn nur ganz leicht mit der Peitsche.

„Fester", bettelte er, „bitte fester!"

Ich schloss meine Augen und schlug dann einfach zu.

Einmal, nochmal und nochmal!

Ich war so froh, als der Kerl dann irgendwann fertig war und ich fluchtartig das Zimmer verlassen konnte.

Ich weiß nicht, wieviel Geld sie von den Freiern für mein Dabeisein kassierte, aber bestimme sehr viel Zusatzkohle!

Ich bekam sowieso nichts von ihr. Weder Liebe noch Geld.

Mein Leben veränderte sich immer mehr zum Negativen, falls das überhaupt noch zu übertrumpfen war.

Aber auch das Leben meiner Eltern veränderte sich nach und nach. Wir zogen von der kleinen Mietwohnung in der Adamstraße in eine schöne Eigentumswohnung am Stadtpark um.

Danach folgte der Umzug in eine Galeriewohnung in die Ludwig-Feuerbach-Straße. Der Aufschwung war deutlich zu sehen.

Anstelle des alten VW-Busses fuhren meinen Eltern einen schicken Mercedes SL.

Die Kleidung wurde immer teurer, und ihr Schmuck wurde echt.

Dazu trug auch ein Freier namens Gerd bei. In diesen Typen verliebte sich meine Mutter richtig.

Den konnte sie sexuell völlig von sich abhängig machen. Er war zwar verheiratet, aber das störte meine Mutter nicht. Sie war ja auch verheiratet.

Mit diesem Gerd war es jedoch anders. Sie fuhr sogar mit ihm weg, mal zu einen Musical, mal zum Essen oder zu einer Veranstaltung.

Und der arme Kerl musste richtig löhnen.

Den nahm sie aus wie eine Weihnachtsgans!

Systematisch nahm sie ihm seine ganzen Ersparnisse ab.

Der brachte jedes Mal richtig viel Geld mit. Tausende von Mark.

Von diesem Geld bauten sich meine Eltern später sogar ein kleines Haus.

Und der arme Kerl musste alles finanzieren.

Er glaubte an eine gemeinsame Zukunft mit meiner Mutter. Leider steuerte er sein ganzes Kapital dazu bei.

Sie beherrschte diese Kunst des Beeinflussens, und sie hatte eine unsagbare Macht über ihn. Ich weiß nicht, wie sie das gemacht hat, aber er glaubte ihr einfach alles.

Manchmal tat es richtig weh, so viel Blödheit von einem Mann mit ansehen zu müssen.

Diese Beziehung hielt über viele Jahre. Bis er irgendwann keine großen Summen mehr zusteuern konnte und auch keine Kredite mehr bekam.

Dann durfte er nicht mehr kommen, besser gesagt, er bekam keine Termine mehr.

Sie ließ ihn einfach fallen wie eine heiße Kartoffel.

Nur an meinem Leben liefen diese Veränderungen vorbei.

Ich war nach wie vor die Putzfrau und musste immer öfter für ihre Freier zur Verfügung stehen.

Es war unerträglich.

Ich konnte nicht weg und wollte da aber auch nicht bleiben.

Ich wusste, sie würde mich zur Nutte machen. Ich konnte aber auch nicht zur Polizei. Sie hatte mir tausend Mal eingeprägt, dass ich dann meine Eltern verlieren würde und ins Heim gehen müsste.

Ich liebte doch meinen Vater, auch wenn er mir nicht helfen konnte! Ich wollte nicht, dass er dafür bestraft wird.

Was würde dann mit meinem Bruder passieren? Er war doch nur eineinhalb Jahre älter als ich.

Was sollte ich nur tun?

Es gab keinen Ausweg für mich.

Ich musste mich fügen, ihren gemeinen Wünschen fügen.

Der Himmel weint. Regen prasselt an mein Fenster, aber ich bin so was von glücklich.

Heute war mein letzter Schultag, und es war ewig schön.

Meine Zensuren sind ganz passabel, und ich freue mich auf mein weiteres Leben.

Ich werde ausziehen, weg von dieser Mutter, weg von den ekelhaften Freiern, weg von den seelischen Qualen. Mein Herz klopft vor Freude. In meinen Gedanken sehe ich schon meine schöne Zukunft vor mir liegen.

Eine eigene Wohnung, einen tollen Freund, und dann frei sein. Frei sein, das ist mein oberstes Ziel.

Jetzt kann ich endlich arbeiten gehen, kann raus aus diesem Horror-Gefängnis, kann, darf und werde endlich mein eigenes Leben leben.

Mein Glücksgefühl kennt keine Grenzen. Ach, wie sehr liebe ich auf einmal mein Ich. Jetzt wird alles anders!

„Christine, kommst du mal!“

Die strengen Worte meiner Mutter reißen mich aus meinen Träumen. Bitte nicht, nicht schon wieder ein Kunde, der mich sehen will.

„Bitte gleich!“, klingt es nach.

Ich betrete ihr heiliges Behandlungszimmer und stehe einem gutaussehenden Mann gegenüber.

„Hallo, ich bin Herr Strauß“, stellt sich dieser Mann mir vor.

Nein, nicht schon wieder ein Freier, der meine Entjungferung kaufen will! Meine Gedanken überschlagen sich. Nein, ich möchte nur raus aus diesem Raum.

Ich merke, wie meine Gesichtsfarbe langsam verschwindet. Wieder werden meine Hände feucht. Ich schwitze unter den Achseln.

„Du, deine Mutter hat mir erzählt, dass du jetzt eine Arbeit suchst. Weißt du, ich habe einen Zeitungsverlag und ein kleines Reisebüro und suche dringend eine Haushälterin für meine Villa. Hättest du nicht Lust, bei mir zu arbeiten?“

Habe ich das richtig verstanden? Er wollte mich einstellen!

Mein Blick geht zu meiner Mutter. Sie nickt mit ihrem Kopf und meint, schon alles abgeklärt zu haben, und ich sollte diese Chance unbedingt ergreifen.

Und dann glaubte ich einen Blick zwischen ihr und diesem Herrn Strauß zu erhaschen. Einen ganz komischen Blick.

Bildete ich mir das nur ein?

Trotzdem, ein Traum für mich. Klar, meine Begeisterung kennt keine Grenzen.

„Nur“, unterbricht Herr Strauß meine Gedanken, „müsste ich eine Bedingung an mein Angebot knüpfen!“

„Welche denn?“, fragte ich schüchtern nach.

„Na ja, weißt du, das ist so. Ich muss jeden Tag sehr früh in den Verlag fahren, und mein Haus steht ja in Lauf am Holz. Da du noch kein Fahrzeug fahren kannst, müsstest du bei mir mit in meiner Villa wohnen. Du kannst aber alles mit benutzen. Ob das Schwimmbad oder die anderen Räume. Musst dich allerdings schnell entscheiden, da ich dringend und ab sofort jemanden suche.“

Schnell machte meine Mutter mir klar, dass ich sowieso nicht länger zu Hause wohnen bleiben könnte, da ich mich ja blöderweise vehement dagegen wehrte, freiwillig mit in ihrem Geschäft zu arbeiten.

Ich könnte bei ihr ja so viel Geld verdienen, was ich ja scheinbar nicht wollte. So eine blöde Tochter könnte ja auch nur sie haben!

Zu diesem Zeitpunkt schien mir das Angebot der Himmel zu schicken. Klar wollte ich weg von zu Hause. Klar wollte ich seine Haushälterin werden. Und putzen kann ich, kochen auch, und den Rest werde ich lernen.

Und dann sollte ich auch noch in seiner Villa wohnen!

Ja, das wollte ich!

Da wollte ich hin!

In meinen Träumen sah ich mich schon in diesem schönen Haus.

Ich sah mich im Pool baden, in einem wunderschön beleuchteten Haus wohnen und dachte, da beginnt der Traum meiner Träume!

Keine zwei Tage später stand ich mit einer gepackten Reisetasche und einem Kopf voller wunderschöner Träume vor unserer Haustür und wartete darauf, von meinem Retter abgeholt zu werden.

Und er kam.

Klar kam er, denn er wusste ja, was er sich ins Haus holen würde.

Nur ich, ich hatte ja keine Ahnung.

Die Villa ist ein Traum. Sehr groß und mit wunderschönen Möbeln eingerichtet.

Tatsächlich, es gibt ein Hallen-Schwimmbad. Es befindet sich zwar im Keller, hat aber dafür so eine Art Plexiglasdach.

Nach oben wie eine Kuppel gearbeitet.

Auf Knopfdruck konnte das Dach nach oben geöffnet werden. Man konnte dann durch eine Leiter direkt den Gartenbereich betreten.

Ein wahrer Traum!

Für den Schwimmbadbereich stehen separate Duschen zur Verfügung, und der Waschbereich erinnert mich an eine Großraumdusche.

Vom Wohnzimmer aus hat man einen herrlichen Blick über den anliegenden Park. Der Wohnbereich besteht aus zwei verschiedenen Wohnebenen.

Die Küche ist so groß, dass da eine kleine Wohnung hineinpassen würde.

Im Obergeschoss befinden sich die Herrenräume, Duschen und zwei Gästezimmer.

Mein Zimmer sollte das kleine Zimmer im Keller sein. Leider nur ein kleines Oberlichtfenster, ein Schrank, ein Bett, ein kleiner Tisch mit zwei Stühlen.

Aber für mich war das wie ein kleiner Palast!

Mein eigener Raum. Mein eigener Tisch, mein eigenes Bett, mein eigener Schrank, das war einfach nur wunder-wunderschön.

Mein eigener Start ins neue Leben. Mein erster Schritt in eine neue Welt! Meine neue Welt!

Ja, so dachte ich damals noch.

Hätte ich damals ahnen können, dass ich mir in dieser Prachtvilla mein Leben verderben würde, wäre ich auf der Stelle abgehauen.

Egal wohin! Hier wäre ich niemals geblieben!

Aber ich möchte der Reihe nach erzählen.

Meine erste Nacht in meinem neuen Zuhause ist wunderschön.

Mein Bettbezug duftet nach herrlichen Blüten. Der Bettbezug ist kuschelweich und angenehm warm.

Ich reibe meine Wangen an mein weiches Kopfkissen und fühle mich wie auf einer Wolke.

Meine wenigen Habseligkeiten habe ich vorhin in dem für mich viel zu großen Schrank untergebracht.

Eine Kerze, meine Kerze, steht auf dem Tisch und vermittelt meinem kleinen Raum eine heimische Atmosphäre. Ich bin glücklich, ich fühle mich frei und bin bereit, morgen meinen ersten Arbeitstag erfolgreich zu meistern.

Ich freue mich hier zu sein! Ich fühle mich total glücklich.

Mein kleines Radio spielt mein Lieblingslied. Ich schließe meine Augen und falle in einem wunderschönen befreienden Schlaf.

5.30 Uhr:

Mein Wecker holt mich erbarmungslos aus meinen schönen Träumen.

Ich schaue mich im Raum um und weiß im ersten Moment überhaupt nicht, wo ich bin. Die Farbe der Decke, die Möbel?

Dann, ach ja, ich befinde mich in meinem neuen Leben.

Leichtfüßig springe ich aus meinem Bett. Meine Arbeit wartet ja auf mich, mein erster Arbeitstag in meinem neuen Leben!

Eine heiße Dusche, meine Lieblingshose, ein buntes Shirt, und schon stehe ich in der wunderschönen Küche.

Wo sind die Tassen? Wie funktioniert die Kaffeemaschine? Fragen über Fragen.

Leider ist keiner da, der mir meine Fragen beantworten kann.

Gut, den Kühlschrank finde ich auf Anhieb, alles andere auch nach vielem Suchen.

Eine halbe Stunde später kann ich äußerst glücklich meinem neuen Chef ein leckeres Frühstück präsentieren.

Ich habe sogar vom Garten ein paar hübsche Blümchen mit auf den Tisch gestellt. Es sieht alles lecker und appetitlich aus. Die Eier sind auf den Punkt getroffen, der Kaffee ist zwar etwas zu dünn, aber er trinkt ihn trotzdem.

8.30 Uhr:

Mein erster Arbeitstag at begonnen. Mein Chef ist soeben in seine Firma gefahren. Ich habe keine Aufgaben bekommen.

Herr Strauß meinte, seine Putzfrau käme um neun Uhr, und ich könnte ihr dann schon irgendwie zur Hand gehen.

Das wollte sie aber nicht. Sie wollte sich von mir „jungem Gemüse", wie sie mich nannte, nicht ins Handwerk pfuschen lassen.

Diesen Satz musste ich in nächster Zeit fast täglich hören.

Einkaufen gehen konnte ich leider auch nicht, da ich ja mit meinen sechzehn Jahren noch keinen Führerschein hatte

So versuchte ich mit den Lebensmitteln, die mir die Putzfrau mitbrachte, ein feines Abendessen zu kochen.

So vergingen die ersten zwei Wochen.

Es tat sich nicht wirklich etwas Außergewöhnliches. Ich bemühte mich, den Wohnraum hübsch zu gestalten, die Blumen zu pflegen und die eine oder andere schöne Veränderung in sein Leben zu bringen.

Es waren zwei herrliche Wochen!

Das nächste Wochenende stand vor der Tür.

Ich hatte bei Herrn Strauß keinen freien Tag. So war ich auch am Wochenende in seiner Villa. Wo hätte ich allerdings auch sonst hingewollt?

Es störte mich auch nicht, dass ich jeden Tag da sein musste. Unter der Woche hatte ich soviel Freizeit, dass ich ihm gerne am Wochenende zur Hand ging.

Er hatte für Freitag abend Gäste angekündigt.

Ich sollte Sekt und Getränke kalt stellen und für die Gäste Häppchen herrichten.

Das machte mir Freude.

Da konnte ich meine Fantasien frei spielen lassen und zauberte die feinsten Sachen.

Pünktlich um acht Uhr abends standen die Gäste vor der Tür. Jedoch nur zwei Männer ohne Damenbegleitung.

Egal, darüber hatte ich mir keinen Kopf zu machen.

Schnell stelle ich die angerichteten Häppchen ins Wohnzimmer, schenke noch jedem der Herren einen Whisky ein und gehe zu Herrn Strauß hinüber um ihn zu fragen, ob ich mich dann zurückziehen darf.

Auf dem Weg zu ihm muss ich noch denken, dass er wirklich super gut aussieht. Ich schätze ihn auf Ende dreißig. Seine Figur ist extrem gut durchtrainiert und seine Bauchmuskeln drücken sich durch sein sportliches T-Shirt ab.

Seine Haut ist schön gebräunt, leichte Lachfalten zeichnen sich in seinem männlichen Gesicht ab.

Er schüttelt seinen Kopf, um seine blonden, etwas wirr wirkenden Haare aus den Augen zu bekommen.

Ja, diesen Mann empfinde ich als äußert schön und angenehm.

Seine Stimme ist tief und männlich, und alles, was er erzählt, klingt so wissend.

Er kann über alle Themen reden, und sein Allgemeinwissen ist enorm. Jeder merkt sofort, dass er es gewohnt ist, sich in der Oberschicht zu bewegen.

Warum ist so ein Mann Kunde meiner Mutter?

Diese Frage habe ich mir in letzter Zeit oft gestellt.

Er hatte weder eine Frau noch eine Freundin. So einer hätte doch an jedem Finger zehn Frauen haben können! Ohne dafür zahlen zu müssen.

Er steht da, lächelnd an seinen offenen Kamin gelehnt, hält sein Whiskyglas locker in der Hand und schaut zu mir herüber.

Zielstrebig gehe ich jetzt zu ihm hinüber, um mich zu verabschieden.

„Nein, bleib noch da und tanze für meine Gäste“, sagt er.

Entsetzt erwidere ich:

„Nein, Herr Strauß, ich bin doch keine Tänzerin, und ich werde nicht tanzen!“

Mein Herz schlägt mir bis zum Hals. Was will er von mir?

Wie konnte er nur auf so eine blöde Idee kommen?

Er schaut mir in meine ängstlichen Augen. Ich registriere genau, wie er meine Reaktion abwartet.

Ich flehe ihn an, mich gehen zu lassen. Aber er dreht sich einfach um und legt eine Schallplatte auf. Stolz verkündet er dann seinen Gästen, dass ich nun für sie tanzen werde.

„Nein“, flüstere ich in sein Ohr. „Nein, das werde ich nicht machen!“

Ich schäme mich so sehr. Ich will das nicht! Mein Magen dreht sich schon alleine bei diesem Gedanken um.

Ich habe in den letzten Jahren oft so heftige Magenschmerzen.

Der Schmerz wird so arg, dass ich mich fast übergeben muss. Speichel läuft in meiner Mundhöhle zusammen. So viel, dass ich ihn herunterschlucken muss.

Es folgt ein ohnmächtiger Schmerz in meinem Magendreieck. Mir ist total schwindlig, schlecht und übel!

Jede Farbe weicht aus meinem Gesicht!

Umfallen und sterben. Bitte! Fall einfach in Ohnmacht! Aber nein, mein Körper fällt nicht um!

Er zieht mich an meinem Arm auf seine Seite und flüstert mir mit einer leisen, mir nicht bekannten drohenden Stimme zu:

„Du, das sind wichtige Kunden von mir. Zick jetzt nicht rum, das hast du schon tausend Mal bei deiner Mutter gemacht. Also zieh dich jetzt aus und biete uns was. Ich kann dich aber auch gerne und sofort nach Hause bringen, dann wirst du schon sehen, was du davon hast!“

Nein, denke ich, das kann nicht wahr sein!

Was soll ich nur tun?

Ich versuche meinen Brechreiz zu überwinden. Habe ich denn eine Wahl?

Will ich wieder zurück nach Hause? Zu meiner Mutter zurück?

Wie soll ich ihr denn erklären, dass ich rausgeflogen bin? Wie würde sie reagieren?

Würde sie mich wieder fertig machen? Ja, das würde sie, dass weiß ich sicher!

Ich komme mir vor wie ein Opferlamm. Wie ein Opfer, dass leider nicht davonlaufen kann.

Ich habe keine Wahl, wirklich nicht! Ich versuche mein Gehirn auszuschalten.

Ich muss mich seinem Willen fügen! Wo ist der nette Mann geblieben, den ich gerade noch vor meinen Augen sah? Der Mann, den ich gerade noch in meinen Gedanken bewundert habe?

Zurück? Nein, zurück wollte ich nicht.

Die Musik erklingt, wie ein Mädchen ohne - beginne ich den Tanz. Ja, den kenne ich ja zu Genüge!

Ich verbringe eine viel zu lange Zeit, um mein T-Shirt auszuziehen. Am liebsten hätte ich zehn Stück an!

Ich knöpfe den Knopf meiner Jeans auf und beginne diese langsam auszuziehen. Ja, wie das geht, habe ich ja gelernt!

Danach mein Oberteil, und dann stehe ich nackt vor diesen Typen.

Dann denke ich, ich kann endlich gehen.

Beifall erklingt. Sie loben meinen Chef, und einer fragt, was sie jetzt mit mir machen dürfen.

„Na, alles!", höre ich ihn sagen.

Dann wollen mich die zwei Herren dazu überreden, dass ich Gruppensex mit ihnen machen solle.

Der ältere fängt schon an, mich an meinem Busen zu betatschen. Der andere macht sich zwischen meine Beine zu schaffen.

Seine Finger suchen den Weg, den ich freiwillig nie freigegeben hätte.

Auf mein Zögern und Winden hin meinen sie nur, ich solle mich nicht so anstellen, und dafür sei ich doch wohl in diesem Haus!

Der eine will, dass ich mich auf den Teppich lege, damit der andere mit dem „Vorspiel" beginnen konnte.

Ich wehre mich nach Leibeskräften, aber dagegen komme ich nicht an.

Die zwei Männer sind einfach zu stark für mich.

Der eine versucht mich unten zu küssen, und der andere hält mich an den Armen fest.

Die zwei Irren dachten tatsächlich, das sei ein Spiel!

Und die dachten auch noch, ich spiele mit!

Der Kraft von dem einen Typen, dessen Namen ich bis heute nicht kenne, kann ich keinen Widerstand entgegensetzen. Er hält mich derart fest, dass ich mich seinem Griff nicht entziehen kann.

Der andere quetscht meinen Busen mit seinen fetten Fingern, dass mir jede Faser meines Körpers weh tut.

Dann beginnt der andere meine Beine zu streicheln. Wie sehr ich mich auch wehre, wie sehr ich mich auch bemühe, die Beine eng beieinander zu halten, es gelingt mir einfach nicht!

Es hat keinen Sinn.

Die sind einfach viel stärker als ich.

Immer noch hält der andere meine Hände zusammen.

So muss ich dann letztendlich erfahren wie es ist, gegen meinen Willen genommen zu werden.

Er dringt mit seinen dicken Finger in mich ein.

Er tut mir unsagbar weh.

Er hört nicht auf meine Schreie, und mein Bitten und Betteln stößt bei ihnen auf taube Ohren.

Es macht ihnen sogar richtig Spaß! Ja ,richtig Spaß!

Er macht weiter und weiter. Ich habe kein Gefühl mehr für Zeit oder Raum.

Irgendwann fragte er mich, ob es mir gefallen hätte.

Konnte er meine Tränen, die mir übers Gesicht liefen, nicht verstehen?

Irgendwann einmal ließen sie von mir ab.

Ich habe kein Zeitgefühl mehr. Weiß nicht, ob eine oder fünf Stunden vergangen sind.

Ich möchte tot sein, aber wie geht das?

In meiner Welt ging das leider nicht.

Ich liege auf dem kratzigen Teppich und wünsche mir nur, ich hätte dieses Haus niemals betreten.

In der heißen Dusche versuche ich das Erlebte zu vergessen.

Ich duschte so lange, als ob es die letzte Dusche meines Lebens wäre. Ich schrubbte meine Haut ohne Ende. Mein ganzer Körper schmerzte und quälte mich.

Meine Haut brannte wie Feuer. Jeder Gedanke an die letzten Stunden machte es nur noch schlimmer.

Ich hatte einen Ekel vor mir selbst, fühlte mich ganz schlecht und benutzt.

Das also sollte mein Traumleben sein?

Niemals!

Wie ich die kommende Nacht verbracht habe, weiß ich bis heute nicht mehr.

Wie ich überhaupt die nächsten Tag überstanden habe, ist mir bis heute schleierhaft.

Aber die Tage vergingen.

Mein „Traumchef" Herr Strauß wurde immer mehr zum Abschaum meiner Gedanken.

Er ließ seine Verärgerung über mein Verhalten täglich an mir aus.

Er wusste, er konnte mich erpressen.

Wollte ich nicht gefügig sein, drohte er mir damit, mich zu meiner Mutter zurückzubringen.

Er wollte meine Dienste erzwingen, und ich musste mich ihm fügen.

Jetzt kam er fast täglich in mein Zimmer. Und jedes Mal wollte er nur das eine!

Sex!

Er nahm mich einfach, wann immer er Lust auf mich hatte.

Ich musste ihm wie eine Nutte zur Verfügung stehen.

Er nahm mich einfach in den widerlichsten Stellungen.

Ich fühlte mich wie ein benutztes Stück Scheiße.

Dann kam der Tag, an dem er mir ankündigte, dass diese zwei Typen vom letzten Mal wiederkommen würden.

Und dieses Mal sollte ich mit ihnen schlafen, ob ich nun wollte oder nicht.

Er schlief ja auch mit mir, also sollte ich mich bei den zwei Kerlen nicht so anstellen, und schließlich würde er ja dabei sein und könne jederzeit eingreifen.

Der reinste Hohn!

Als mich die zwei Typen gegen meinen Willen gestreichelt haben, hat er ja auch nur schmunzelnd zugesehen.

Das ging zu weit!

Nein, hier würde ich nicht bleiben.

Am gleichen Abend rief ich mit einem sehr unangenehmen Gefühl meine Mutter an. Sie war jetzt der einzige Mensch, der mir helfen konnte.

Ich weinte am Telefon. Ich erzählte ihr alles, ich ließ nichts aus.

Ich bat sie dringend, mir zu helfen und mich bitte abzuholen.

Ja, sie versprach mich zu holen, aber nur, wenn ich dann ab morgen bei ihr mitarbeiten würde und ihren Freiern zu Diensten wäre.

Dies bedeutete aber auch, dass ich die Freier mit verschiedenen Foltergeräten behandeln müsste.

Ich sollte ihnen dann aber auch die gewünschten Schmerzen zufügen und ihnen mit den hässlichsten Geräten wehtun.

Die Peitsche war dabei eines ihrer Lieblingsspielzeuge.

Nein, das konnte ich nicht!

Ich kann überhaupt keinem Menschen Schmerzen zufügen. Auch nicht, wenn die es wollen.

Nein, das ist überhaupt nicht mein Ding!

Ich ekele mich bereits bei den Gedanken daran!

Ein Gefühl des Übergebens überfällt mich. Ich bekomme schon wieder totale Schmerzen im Magen.

Ich drücke mit meiner Hand dagegen, aber es wird nur noch schlimmer.

Ich lege den Hörer einfach auf. Renne ins Bad und spucke den angelaufenen Speichel von meinem Mund aus.

Mein eigenes Spiegelbild erschreckt mich. Ich wiege vielleicht noch achtundvierzig Kilo bei einer Größe von einem Meter siebzig. Ich bin viel zu dünn geworden. Meine helle Haut ist total blass. Meine langen blonden Haare hängen glanzlos herunter. Ein fürchterliches Bild meiner selbst!

Dann wieder der nächste stechende Schmerz. Ich lege mich auf den Fußboden und rolle mich vor Schmerzen über den Badteppich.

Immer wieder erfasst mich eine neue Schmerzwelle.

Tränen laufen unaufhörlich über mein Gesicht. Ich habe das Gefühl, dass mein Magen durchbricht, diese Schmerzen sind einfach unerträglich!

Irgendwann raffe ich mich auf, schleppe mich in die Küche, durchsuche den Arzneischrank nach irgendwelchen Schmerztabletten, und da lagen sie dann.

Zwei Schachteln Schlaftabletten!

Ich weiß nicht wie, aber ich nahm mir die zwei Schachteln, holte mir ein Glas Wasser und schleppte mich weiter in mein Zimmer.

In diesem Moment fasste ich den tödlichen Entschluss.

Die Lösung lag in meinen Händen! In Form dieser zwei Schachteln.

Es ging so einfach!

Ich löste alle Tabletten in einem Wasserglas auf und trank es Schluck für Schluck.

Das Getränk war gallenbitter. Ich zwang mich dazu, den letzten Rest auszutrinken.

Als der letzte Schluck unten war, begann mein Gehirn zu erwachen. Was hatte ich getan, wollte ich wirklich aus der Welt scheiden?

Meinen Bruder Bernd hatte ich seit drei Wochen nicht mehr gesehen. Würde er mich vermissen? Fragen und Zweifel überkamen mich und eine unsagbare Angst davor, was jetzt mit mir passieren würde.

Wie ist das Sterben?

Tut es weh, habe ich dann vielleicht noch mehr Schmerzen?

In meinem Kopf überschlugen sich die Gedanken.

Aber es tat sich nichts. Überhaupt nichts!

Langsam wurde ich ruhiger. Na ja, die Menge hat bestimmt nicht gereicht!

Auch eine halbe Stunde später lebe ich immer noch.

Ich spüre irgendwann, dass ich müde werde.

Ich ziehe mich wie unter Zwang um. Ziehe mein Lieblingskleid an und dann, ja man soll es nicht glauben, schminke ich mich.

Im Radio laufen wunderschöne Lieder. Ich fühle mich richtig gut.

Ruhig und entspannt.

Ja, jetzt stand mein Entschluss fest. Ich werde gehen.

Für immer gehen.

Ein letztes Gebet an meinen lieben Gott, dann lege ich mich in mein Bett.

Ich lösche das Licht, schließe meine Augen und versinke in einen tiefen Schlaf.

Dann erwachte ich.

Ja, ich bin aufgewacht und habe überhaupt keinen Plan, wo ich bin.

Sonnenstrahlen blenden meine Augen. Ich höre verschiedene Stimmen und kann nichts, aber auch rein gar nichts, mit meiner momentanen Situation anfangen.

Dann der Geistesblitz!

Klar, ich bin im Himmel!

Ja, ich habe mich ja umgebracht. Also hat es ja doch geklappt!

Warum nur schmerzt mein Kopf dann so arg?

Mein Hals brennt wie Feuer. Alles in mir fühlt sich äußerst schlecht an. Weiter komme ich mit meinen Gedanken nicht, denn eine Stimme dringt zu mir durch: „Christine, mach die Augen auf, öffne bitte deine Augen!"

Fremde Hände berühren mein Gesicht. Man schüttelt mich leicht an meiner Schulter!

Ich öffne vorsichtig meine Augen und sehe nur weiße Wände. Alles ist weiß. Meine Zudecke, der Schrank, und dann sehe ich auch noch weiße Kittel!

Die Aufklärung erfolgte sofort.

„Fräulein Z., Sie sind im Krankenhaus! Wie fühlen Sie sich?

Ihre Mutter hat Sie hergebracht, und wir mussten Ihnen leider den Magen auspumpen!“

Ich dachte wirklich, mich trifft der Schlag.

Nicht einmal das habe ich geschafft.

Die Ärzte waren aber sehr nett. Sie redeten viel mit mir und wollten wissen, warum ich mir das Leben nehmen wollte.

Ach, das war mir ja alles so furchtbar peinlich!

Ich konnte doch schlecht erzählen, dass man mich immer missbrauchte, dass ich mich von fremden Männern gegen meinen Willen nehmen lassen musste, oder dass meine Mutter eine Nutte war.

Ich konnte ihnen das nicht sagen.

Nie hätte ich das jemandem erzählen können. So erzählte ich eine andere Geschichte.

Ich erzählte ihnen von meinen ewigen Magenschmerzen, berichtete, dass ich nach jedem Essen unerträgliche Schmerzen aushalten musste und davon, dass ich keinen anderen Ausweg sah, weil die Schmerzen immer öfter kamen und immer heftiger wurden.

Und die Ärzte glaubten mir.

Noch am gleichen Tag musste ich mich einer Magenspiegelung unterziehen. Ein rundes Mundstück wurde mir zwischen die Zähne geklemmt, dann wurde mir ein Schlauch in die Öffnung geführt, den ich Stück für Stück schlucken musste. Immer begleitet von einem wahnsinnigen Brechreiz.

Eine damals sehr unangenehme Untersuchung.

Das Ergebnis war jedoch der absolute Volltreffer.

Ich hatte mit meinen sechzehn Jahren ein sehr großes Magengeschwür.

Es war so groß wie eine Wahlnuss. Der Arzt war entsetzt.

Er konnte jetzt meine Schmerzen nachvollziehen, und der Selbstmordvorwurf war vom Tisch. Ab sofort wurden mir jetzt solche milchähnlichen Breie sowie verschiedene Tabletten verabreicht.

Ich musste meine Ernährung umstellen. Sollte einfach nur auf alle scharfen Gerichte verzichten und alle säurehaltigen Lebensmittel vermeiden. Obstsäfte und Früchte waren ab sofort tabu.

Ja, gesundheitlich ging es mir ab dieser Zeit wesentlich besser.

Im Nachhinein habe ich erfahren, dass meine Mutter mich an diesem Abend noch öfters anrufen wollte. Da ich nicht ans Telefon ging, machte sie sich schließlich irgendwann einmal Sorgen um mich und fuhr zu mir.

Die Sorgen galten aber nicht meiner Person, sonder vielmehr ihrem Geldbeutel.

Herr Strauß zahlte monatlich für seine Übergriffe auf mich. Nur wusste ich das damals noch nicht.

Im Beisein von Herrn Strauß fanden sie mich dann bewusstlos im Bett liegen.

Sie packten mich beide ins Auto und fuhren in das nächst gelegene Krankenhaus.

Mein anderes Problem konnte leider keiner der Ärzte beheben.

Wo sollte ich jetzt hin?

Zurück wollte ich nicht mehr, das stand für mich sicher fest. Dahin wäre ich nie freiwillig zurückgegangen.

Zu Hause konnte ich aber auch nicht bleiben. Meine Mutter wollte mich nur aufnehmen, wenn ich bereit wäre, bei ihr mit zu arbeiten. Nein, dass ging ja gleich gar nicht!

Da wäre ich kaputt gegangen, das war nicht meine Welt. Nein, da wollte ich auch nie mehr hin!

Ich beschloss, mein Leben selber in die Hand zu nehmen.

Einmal noch musste ich meinen ehemaligen Chef sehen. Er hatte große Angst davor, dass ich ihn eventuell bei der Polizei anzeigen werde.

Er bettelte wie ein geschlagenes Kind, dass ich sein Leben bitte nicht ruinieren sollte.

Ich hätte das ja eh nicht getan.

Nie! Denn damit hätte ich auch meinen Eltern einen großen Schaden zugefügt.

Ja, so dachte ich tatsächlich. Ich dachte immer nur an die anderen, und mein eigener Schmerz blieb.

Allerdings schenkte er mir ein Mofa. Ein gelbes Mofa, mit einem Bananensattel. Jetzt hatte ich einen eigenen fahrbaren Untersatz.

Ja, ich nahm das Geschenk an und hatte nicht einmal ein schlechtes Gewissen dabei.

Irgendwie war er mir das auch schuldig, oder?

Ich hatte Glück und fand einen Ausbildungsplatz.

Ich konnte in einem kleinen Möbelhaus eine Ausbildung zur Einzelhandelskauffrau beginnen.

Keiner kann sich vorstellen wie schwer es war, einen Ausbildungsplatz zu finden, wenn man eine Mutter hat, die so erfolgreich in diesem Gewerbe tätig ist wie meine.

Sie war damals in Nürnberg bekannt.

Ich weiß nicht warum, aber fast jeder Geschäftsmann kannte sie.

Selbst unser Juniorchef ahnte etwas.

Natürlich nicht von mir.

Nein, er machte immer nur so blöde Bemerkungen ohne wirklich etwas zu sagen!

Grinste mich immer nur sehr komisch an und langte sich mit seiner Hand über die Hose an seinen Penis.

Ich hatte einen Ruf weg, der einfach nur entsetzlich war.

Jeder dachte, der Apfel fällt nicht weit vom Stamm. Jeder wollte mich nur anbaggern, jeder dachte, für einen Betrag X würde ich mit ihm schlafen.

Das war eine sehr schlimme Zeit in meinem Leben, und sie sollte noch lange nicht zu Ende sein.

Aber der Reihe nach.

Als ich den Lehrvertrag hatte, mietete ich mir ein kleines möbliertes Zimmer in der Nähe meiner Arbeit. Bei einer sehr netten älteren Dame.

Nur hatte ich nicht mit dem Widerstand meiner Mutter gerechnet.

Sie wollte mich zwingen, bei ihr weiter zu arbeiten. Ihre Angebote wurden immer höher und ihr Zorn bei jeder Absage immer größer.

Sie schaffte es doch tatsächlich immer wieder, mein Leben aufs Neue zu erschweren.

Sie rief zum Beispiel bei einer meiner Vermieterinnen an und machte diese total fertig. Ich sei noch keine achtzehn Jahre alt, und sie verbot ihr, dass sie das Zimmer weiter an mich vermietete.

Ja, die Gesetze waren damals so, ich hätte die Zustimmung meiner Eltern gebraucht. Die bekam ich natürlich nicht.

Kurzerhand flog ich aus der Wohnung.

Mein Leben war wie eine dauernde Flucht.

Ich kam dann bei einer Bekannten unter, welche allerdings lesbisch war, was ich damals aber noch nicht wusste. Ich war rückblickend betrachtet wirklich ein bisschen zu naiv! Da konnte ich dann auch nicht länger bleiben, weil mich deren Freundin als Konkurrentin betrachtete.

Nein, ich wollte doch nichts von einer Frau!

Trotz all meiner schlechten Erfahrungen in puncto Männer. Aber lesbisch wäre ich nie geworden.

Ich sehnte mich nach einer festen Beziehung. Einem festen Freund. Jemand, der mich in die Arme nahm, jemand, der mich liebte, so wie ich war. Und ich war ja nett. Nein, nett ist der falsche Ausdruck.

Ich hatte einen Überlebenstrieb entwickelt wie nie zuvor.

Mein Aussehen war durchaus in Ordnung, meine Haare waren lang , blond und meine Figur ein Traum.

Klar, sehr schlank halt, was jedoch an meiner ewigen schlechten Ernährung lag.

Nachdem ich ein neues Zimmer gefunden hatte, das allerdings außerhalb von Nürnberg lag, begannen meine finanziellen Sorgen.

Ich verdiente im ersten Lehrjahr gerade mal 240 DM. 120 DM gingen für das möblierte Zimmer in Behringersdorf drauf.

Ich musste weiter weg ziehen, weil meine Mutter ja immer versuchte mich zu finden.

Diese Adresse gab ich ihr aber nicht. Sie drohte zwar laufend damit, mich beim Jugendamt anzuzeigen, was sie aber letztendlich nicht tat. Die Angst, dass ich denen dann alles erzählen würde, saß ihr im Nacken.

Es war ein schöner Sommerabend.

Meine Arbeit erfreute mich. Ich hatte ein Talent, Möbel zu verkaufen, was meine Seniorchefin immer wieder in Staunen versetzte.

Es machte mir einfach sehr großen Spaß, die wunderschönen Gegenstände an den Mann zu bringen. Ich hatte ein Talent für den Verkauf. Meine einzige Kollegin war nur ein paar Jahre älter als ich. Wir kamen miteinander richtig gut aus.

Zurückblickend eine sehr schöne Zeit.

Wenn da nur die Geldsorgen nicht gewesen wären.

Mir blieben gerade einmal 120 Mark zum Leben. Das reichte hinten und vorne nicht.

Mein jetziges Zimmer hatte leider keine Küche, nur eine Kochstelle mit einer Platte.

Obwohl ich mich fast nur noch von Suppen ernährte, erlebte ich finanziell ein Fiasko.

Durch viel Glück fand ich in der Hochschule in Nürnberg eine Putzstelle in einem Putztrupp.

Die Arbeitszeit war ideal. Ich musste um einundzwanzig Uhr abends beginnen und war dann etwa um ein Uhr nachts fertig.

Danach fuhr ich jede Nacht mit meinem kleinen Mofa die zweiundzwanzig Kilometer nach Behringersdorf heim.

Selbst im tiefsten Winter war ich auf mein Mofa angewiesen.

Den Zug konnte ich mir leider nicht leisten, obwohl der Bahnhof fast direkt neben meiner Wohnung lag. Ideal!

Die Hände frieren einem trotz Handschuhen ein. Die eisige Kälte lässt meinen Körper erstarren. Der Wind bläst mir eiskalt ins Gesicht. Tränen laufen mir über meine Wangen herunter.

Jedes Gefühl verlässt meinen Körper.

Nur noch Kälte bleibt.

Ich habe Angst, dass mir irgendwelche Körperteile abfrieren werden.

Dann die abgelegene Landstraße, viel zu schmal, um nachts gesehen zu werden.

Kein anderer Autofahrer rechnet in einer eisigen Winternacht mit einem Mofafahrer auf der Straße.

Etliche Male landete ich halb im Graben, weil die LKW-Fahrer nicht mehr rechtzeitig ausweichen konnten oder so laut hupten, dass ich vor Schreck meinen Lenker verriss.

In der Firma hatte ich immer eine Ersatzkleidung liegen.

Etliche Male kam ich bis auf die Unterwäsche durchnässt bei der Arbeit an.

Aber ich nahm es hin, dass war der Preis für mein eigenes Leben.

Eines Morgens betrat ich wie immer meinen Arbeitsplatz, da wurde ich bereits von den beiden Seniorchefs und dem Junior chef erwartet.

Auf mein freundliches „Guten Morgen" wurde mir anstelle einer Antwort eine Zeitung auf den Tisch geknallt.

Auf der Titelseite stand in dicken fetten Buchstaben geschrieben:

„Fußpflegesalon vermittelt auch Modell aus Jamaika!"

Der Originalzeitungsausschnitt der Nürnberger Nachrichten liegt bei!

In anderen Zeitungen schrieben sie:

„Zuhälterin in Nürnberg von der Polizei verhaftet.

Bordellbetrieb konnte bei einer Polizeirazzia ausgehoben werden.

Eine Frau Z. trägt den seltenen Namen einer Zuhälterin"

Die drei größten Zeitungen hatten die Schlagzeile auf ihrer Titelseite präsentiert:

Jetzt war es raus!

Ich konnte mich auch durch Lügen nicht mehr rausreden.

Mir wurde auf den Kopf zugesagt, dass es sich hierbei um meine Mutter handelte.

Alle, auch meine bisher nette Kollegin starrten mich an. Die vorwurfsvollen Blicke werde ich nie vergessen.

Was wollen denn jetzt alle von mir?

Ich starrte auf die Schlagzeilen und spürte, wie mir die Tränen in die Augen schossen.

Ich stotterte irgendwas daher, schnappte mir meine Handtasche und war weg.

Diesen Schlagzeilen hatte ich es zu verdanken, dass mir mein Ausbildungsverhältnis gekündigt wurde.

Nein, schlimmer noch!

Ich wurde gezwungen, selber meine Kündigung einzureichen. Was ich unter diesen enormen Druck auch tat.

Ich konnte doch nichts dafür! Ich versuchte verzweifelt um meinen Ausbildungsplatz zu kämpfen. Ich stand bereits kurz vor dem Abschluss meiner Lehre, es waren doch nur noch ein paar Monate.

Alles Betteln half nichts.

Ich war auf einmal eine Gefährdung für das Geschäft.

Kunden würden angeblich nicht mehr kommen, falls man mich behielt. Und trauen könne man mir ja jetzt auch nicht mehr!

Klar hatte ich immer viel mit Bargeld zu tun, die Kunden zahlten in der Regel ihre gekaufte Ware ja sofort.

Aber ich hatte doch noch nie eine Differenz in der Kasse.

Immer hatte mein Kassenabschluss abends gepasst. Immer!

Auf einmal war ich ein rotes Tuch. Ich musste gehen, hier hatte ich keine Zukunft mehr!

Schlimmer noch, ich musste mich wie ein geprügelter Hund davon schleichen.

Ich schämte mich unsagbar.

Man kann diese Gefühle einfach nicht in Worte fassen.

Immer und überall verfolgte mich das Leben meiner Mutter.

Hörte das auch irgendwann einmal auf?

Nein, aber lesen Sie selber!

Wer das Pech hat, in so eine Familie hineingeboren zu sein, schleppt diese Last immer mit sich herum.

Man wird es einfach nicht los. Es lässt sich leider nicht abschütteln.

Durch meine eigene Kündigung hatte ich ab sofort noch ein größeres Problem. Nicht nur, dass meine Ausbildungsstelle weg war, ich bekam auch eine dreimonatige Sperre für das Arbeitslosengeld, weil ich ja selber gekündigt habe.

Mit der Putzstelle alleine konnte ich mich nicht über Wasser halten.

Ich brauchte dringend und schnellstens einen neuen Job.

Da ich, wenn auch nur sehr selten, Kontakt zu meiner Mutter hatte, konnte ich in Erfahrung bringen, dass sie relativ schnell aus der Haft entlassen wurde.

Die Mädchen, welche bei meiner Mutter mit anschaffen gingen, sagten alle einheitlich aus, dass sie auf eigene Rechnung arbeiteten und nur die Zimmer von meiner Mutter gemietet hätten.

Das brachte ihr zwar eine kleine Geldstrafe ein, hinderte sie jedoch nicht daran, ihr geliebtes Gewerbe noch viele weitere Jahre erfolgreich auszuüben.

Mir ging es da wesentlich schlechter!

Ich konnte nicht gleich eine andere Arbeit finden. Ich hungerte fast Tag täglich. Zeitweise hatte ich keine fünf Mark mehr, um mein Mofa zu betanken.

Manchmal gab mir mein Tankwart das Benzin auf Kredit. Das war mir unheimlich peinlich.

Dann wurde es bitterkalt.

Notgedrungen zog ich nach Nürnberg um. Hier bewohnte ich in dieser Zeit eine kleine Wohnung in der Peter-Henlein-Straße im vierten Obergeschoss.

Die Wohnung wurde mit einem alten Ölofen beheizt. Meine Wohnung war zwar ein Altbau, hatte aber den Vorteil, dass ich eine kleine Küche dabei hatte.

Ich merkte eines morgens, dass die Fenster meiner Wohnung von innen mit Eiskristallen an den Fenstern überzogen waren.

Im Zimmer war es bitterkalt.

Ich lief in den Keller, um mir eine Kanne Heizöl zu holen.

Im Keller hatte ich einen eigenen Öltank. An der Seite war ein Hebel angebracht. Man musste diesen Hebel nur immer von vorne nach hinten bewegen, dann floss irgendwann das Öl über einen Schlauch in die Ölkanne.

Nur an diesem Morgen nicht.

Die Ursache war auch schnell gefunden. Der Tank war leer!

So leer wie auch meine Kasse. Aber so schnell wollte ich mich nicht unterkriegen lassen. Ich rief bestimmt bei acht verschiedenen Öllieferanten an und fragte, ob man mir nicht ein bisschen Heizöl liefern könnte, mir aber die Rechnung für einen Monat stunden würde?

Kein Erfolg. Keine der Firmen wollte mir das dringend benötigte Heizöl liefern.

Die Nächte wurden immer kälter, und irgendwann wusste ich mir echt keinen Rat mehr. Was sollte ich nur tun?

In meiner Verzweiflung begann ich in meiner Küche den Backofen anzustellen. Der ging ja, Gott sei Dank, mit Gas zu heizen.

Er brachte mir auch kurzfristig eine kleine Erleichterung.

Ich schlug mein Nachtquartier ab sofort in der Küche auf und war jeden Morgen glücklich und froh, wenn ich nicht erfroren war. Ja, es war wirklich bitter bitterkalt.

Ein paar Tage später stellte sich bei mir eine schlimme Grippe ein.

Meine Lunge schmerzte bei jedem Atemzug. Mein ganzer Rücken tat mir weh. Die Nase lief ohne Ende, und mein Husten wurde von Tag zu Tag schlimmer.

Der aufgesuchte Hausarzt war entsetzt.

Eine schlimme Lungenentzündung war das Untersuchungsergebnis. Mit viel Wärme und Bettruhe würde jedoch Besserung eintreten.

Der Gute hatte ja keine Ahnung, denn wie sollte das gehen?

Es war vorherzusehen, dass das nicht gut ausgehen konnte.

Zwei Tage später gesellte sich noch sehr hohes Fieber dazu. Zeitweise begann ich bereits zu fantasieren.

Ich brauchte dringend Hilfe.

Das stand fest.

In meiner Verzweiflung rief ich doch tatsächlich meine Mutter an.

Wir hatten schon seit längerer Zeit nicht mehr telefoniert, und ich wunderte mich, dass ich doch so etwas wie leichte Freude empfand, als ich ihre Stimme hörte.

Ich weiß, dass klingt völlig verrückt, aber es war einfach so.

Ich schilderte ihr meine Notlage und bat sie dringend, mir etwas Heizöl zu kaufen. Ich bettelte und bettelte, es half leider nichts.

„Wenn du Geld brauchst, dann weißt du doch, wo du dir das verdienen kannst. Ich kann dich abholen, und dann bist du deine Geldsorgen los!"

Das war ihre Antwort.

Sie war nicht bereit, mir in irgendeiner Weise zu helfen. Was muss das für eine Mutter sein, die so kalt und herzlos zu ihrem Kind sein kann! Ich kann das bis heute nicht begreifen.

Na ja, aber sie hatte auch noch eine andere Idee. Viel besser!

Kurze Zeit später läutete es nämlich an meiner Wohnungstür.

Ich drückte auf den Summer, und herauf kam ein Mann.

Ich kannte ihn bereits, es war einer der Freier, den ich damals mit behandeln musste. Einer von diesen, der auf Schläge stand.

Er war Metzger von Beruf und hatte im Raum Nürnberg eine große Metzgerei.

Ich fragte ihn, was er denn hier wollte und forderte ihn auf, sofort zu verschwinden!

Ich hatte auch Nachbarn und wollte keinesfalls, dass das Leben meiner Mutter hier wieder bekannt werden würde.

Da wurde der Typ doch sauer. Er sei extra zu mir gefahren, weil ihn meine Mutter her geschickt habe.

In seiner Tüte hätte er auch extra Fleisch für mich mitgebracht!

Er drängte sich regelrecht in meine Wohnung. Er schob mich einfach auf die Seite, und bevor ich überhaupt eine Chance zum Überlegen hatte, war er bereits in meiner Wohnung drin und schloss die Tür hinter uns.

Was jetzt folgte, glich einem Alptraum.

Er wurde grob, und sein Gesicht verzog sich richtig fies. Er schubste mich wie ein Stück Dreck ins Wohnzimmer, und dann begann er sich einfach langsam auszuziehen. Ich dachte, der spinnt wohl total!

Ich wollte einfach abhauen, aber eine Fluchtmöglichkeit blieb mir nicht. Er stand breit und bedrohlich in der Tür und zog sich immer weiter aus.

Seine Erregung war nicht zu übersehen. Sein übergroßes Teil strotzte nur so vor Männlichkeit.

Ekelhaft. Ich empfand nur noch einen mächtigen Ekel in mir aufsteigen!

Schreien konnte ich nicht. In diesem Moment brachte ich vor lauter Angst keinen Ton hervor. Da kam nichts, aber auch nicht ein einziger Ton aus meinem Hals heraus.

In diesem Moment begann ich wie eine Maschine zu handeln.

Ich dachte zurück an meine Entjungferung und die vielen sexuellen Übergriffe von meinem damaligen Chef. Nein, irgendwie fiel mir dann die rettende Lösung ein.

Im Nachhinein betrachtet war das die einzige Möglichkeit, meine Haut oder besser gesagt meinen Intimbereich zu schützen.

Ich begann mich auszuziehen.

Ich lächelte ihn sogar an und zog ganz langsam mein T-Shirt aus.

Seinen geilen Gesichtsausdruck werde ich wohl nie vergessen. Er leckte sich mit seiner Zunge richtig über seine fetten Lippen.

Dann kam er auf mich zu und begann meinen Busen zu streicheln. Seine fetten Finger glitten zwischen meine Schenkel. Ein ekelhafter Metzgergeruch stieg mir in die Nase. Er roch nach Schweiß, Fleisch und irgendwelchen anderen stinkenden Gerüchen.

„Wart mal, halt mal inne, ich muss nur noch mal ganz kurz ins Bad. Leg dich einstweilen auf die Couch, ich komme gleich zu dir, dann zeig ich dir mal, was eine geile Nummer ist!“, rief ich ihm zu.

Und er ließ mich tatsächlich aus dem Wohnzimmer raus.

Meine Hände waren total nass geschwitzt. Mein Herz schlug bis zum Hals. Ich rannte dann nur noch ins Bad und drehte den Schlüssel hinter mir rum.

Ich wusste, hier gehe ich nicht mehr raus! Hier war ich auch sicher, und dann musste ich lachen, denn ich hatte ihn erfolgreich verarscht. Das habe ich super gut gemacht!

Es dauerte eine ganze Weile, bis er mich zu suchen begann. Irgendwann hämmerte er an die Badtür. Er drohte und tobte wie ein Irrer, aber alles half nichts. Ich blieb im Bad, da wäre ich freiwillig auch nie raus gekommen!

Nach einer gefühlten Ewigkeit hörte ich lautstark die Wohnungstür ins Schloss fallen. Meine Angst, er könnte ja nur so getan haben, als ob er gegangen war, war grenzenlos.

So blieb ich, bis es Nacht wurde, im Bad sitzen. Dass es eiskalt war, störte mich in diesem Moment nicht. Heute hatte ich viel Glück im Unglück gehabt!

Am nächsten Tag rief mich, absolut sauer, meine Mutter an. Sie führte sich wie eine Irre auf. Ich würde ihr die Kunden kaputt machen und nie, aber nie wieder würde sie mir helfen wollen!

Den Satz und diese Logik muss man erst einmal verstehen.

Aber sie hielt Wort.

Kein Freier stand mehr vor meiner Tür.

Das traute sie sich dann doch nicht mehr. Ich hätte auch meine Tür nicht mehr aufgemacht. Dieser Vorfall war mir eine Lehre. Eine richtige Lehre!

Zu dieser Zeit zog in unserem Mietshaus in der gleichen Etage eine Frau mit ihrem Bruder Ali ein. Sie war eine ausländische Mitbürgerin.

Diese Frau hieß Maria, und ich freundete mich relativ schnell mit ihr an.

Maria war eine bildhübsche Frau. Sie hatte kurze glänzende schwarze Haare, eine helle Haut, und ihr Gesicht war einfach wunderschön.

Unsere erste belanglose Nachbarschaft entwickelte sich innerhalb weniger Monate zu einer innigen Freundschaft.

In vielen Stunden tauschten wir unsere Erfahrungen aus.

Sie erzählte mir, dass sie mit ihrem Bruder Ali die Wohnung teile und sehr unglücklich sei.

Ihr Unglück bestand darin, dass er seine Schwester total unterdrückte.

Er diktierte ihr sein Leben auf und duldete keinen Widerspruch.

Sie erzählte mir ihr Leid, dass er sie oft schlagen würde, gelegentlich Drogen nahm und überhaupt nur auf ihre Kosten lebte.

Kämpferisch, wie ich ja seit jeher veranlagt war, forderte ich sie immer wieder auf, sich das nicht gefallen zu lassen.

Ich kann mich noch an die vielen Tage erinnern, als sie mit körperlichen Blessuren meine Nähe suchte. Immer wieder erzählte sie mir von den Übergriffen ihres Bruders.

Anzeigen wollte sie ihn leider nicht. Sie hatte zuviel Angst vor ihm.

Tagtäglich hatte sie ein verletztes Auge oder Ähnliches. Sie versuchte sogar, diese Übergriffe mir gegenüber als Unfälle darzustellen.

Immer wieder bekniete ich sie, zur Polizei zu gehen oder ihren Bruder rauszuwerfen.

Die Retourkutsche kam jedoch schneller als gedacht!

Maria saß mal wieder heulend vor mir, denn wieder einmal hatte er sie geschlagen.

Sie weinte wie ein kleines Kind. Und ich, ja ich, die kleine Christine, wollte und musste sie beschützen!

Es klingelt an der Tür. Ali steht draußen und haut mit seinen Fäusten gegen meine Wohnungstür. Er verlangt, dass ich ihn reinlasse.

Nein, wenn ich jetzt die Tür öffnen sollte, schlägt er seine Schwester. Ich werde die Tür definitiv nicht öffnen.

Mein Herz pocht vor Angst. Ich höre meinen eigenen Herzschlag rasen.

Ich weiß mir nicht mehr zu helfen. In meiner Angst rufe ich meinen Bruder Bernd an.

Er ging ans Telefon.

Kurz und sachlich schilderte ich ihm meine No,t und er versprach, sofort vorbeizukommen.

Dann ging es Knall auf Fall weiter.

Ali hatte sich gewaltsam Zutritt zu meiner Wohnung verschafft. Er stand in meinem Flur und wollte seine Schwester sehen. Die aber hatte sich vor lauter Angst ins Bad geflüchtet.

Ich wollte, dass er geht, aber er ging nicht. Gleich darauf stand er in meinem Bad. Ich stellte mich schützend vor meiner Freundin Maria.

Er schrie und tobte, und dann? Ja, dann bekam ich von diesem Irren eine Ohrfeige, wie ich noch nie im Leben vorher eine bekommen habe.

Durch den Schlag flog ich rückwärts in die Badewanne. Das waren unbeschreibliche Schmerzen. So etwas hatte ich noch nie erlebt. Niemals vorher hat mich ein Mann geschlagen. Ich hätten den Deppen umbringen können, so wütend war ich.

Meine Gesichtshälfte war angeschwollen, und meine Lippe blutete.

Meine Freundin Maria hatte es noch viel schlimmer erwischt. Sie verprügelte er nach Strich und Faden, so dass sie sich tagelang nicht mehr richtig bewegen konnte.

Aber die Geschichte war hier noch nicht zu Ende.

Noch in der Badewanne liegend, sah ich meinen Bruder Bernd in der Tür stehen.

Er half mir aus der Wanne raus und wollte genau wissen, was passiert war.

Mir zitterten die Beine, als ich ihm in kurzen Sätzen das Geschehene erzählte.

Erzählte, dass Ali wieder seine Schwester verprügelt hatte und dass ich die erste und kräftigste Ohrfeige meines Lebens abbekommen habe.

Bernd drehte sich nur um, rannte wutentbrannt zu meiner Nachbarwohnung hinüber und schlug gegen die Wohnungstür.

Ali machte die Tür auf. Ich hörte noch, wie er meinen Bruder beruhigen wollte.

Die Zeit reichte aber nicht aus.

Bernd schlug diesen Kerl windelweich. Ja, man kann es nicht anders nennen. Bernd war ihm um Längen überlegen, und Ali hatte richtig Angst vor ihm.

Ich höre noch heute seine Worte: „Wenn du noch einmal meine Schwester anfasst, dann!“

Und der Typ hatte Angst. Richtig Angst. Aber mein Bruder konnte auch Angst einflößend wirken!

Nie wieder würde er mich anfassen, und er tat das auch nie mehr.

Mein Bruder war in der Situation für mich der Größte.

Meine Bewunderung war grenzenlos.

In den Nürnberger Nachrichten las ich eine interessante Anzeige. Ein großer Versicherungskonzern suchte eine Außendienstmitarbeiterin, die in der Lage sein sollte, Ausbildungspolicen für Kinder zu verkaufen.

Ich bewarb mich und erhielt sofort einen Vorstellungstermin.

Das war eine gute Arbeit für mich.

Man sollte freie Werbung betreiben, so nennt sich das bei den Versicherungen. Kunden werben, um diese dann davon zu überzeugen, verschiedene Versicherungen abzuschließen.

Die Bezahlung war sehr gut. Für jede abgeschlossene Police erhielt ich meinen Anteil.

Das war der Schritt in eine wesentlich bessere Zukunft.

Es machte mir Spaß, mit Leuten umzugehen. Ich hatte keine Hemmungen, an fremden Türen zu läuten.

Die Kundengespräche lagen mir, und nach einer gewissen Einarbeitungszeit kannte ich mich auch richtig gut aus.

Meine Erfolge ließen nicht auf sich warten, und so war mein Verdienst binnen kürzester Zeit einfach super.

Meine abgebrochene Lehre interessierte hier keinen, denn hier zählte nur der persönliche Erfolg, und der war Spitze.

Meinen Führerschein konnte ich mir leisten, dann kam der Umzug in meine erste richtige Wohnung.

Danach kaufte ich mir meinen ersten kleinen Wagen, schöne Kleidung und die ersten eigenen Möbelstücke.

Ja, jetzt begann ein anderes Leben für mich.

Ich dachte tatsächlich, mein altes Leben wäre Vergangenheit.

Ein Fehler!

Eines Tages begegnete ich einem sehr netten jungen Mann. Er hieß Harry.

Er passte vom Alter her zu mir, und ich lernte das Gefühl kennen, Schmetterlinge im Bauch zu haben.

Sexuell hatte ich allerdings große Probleme. Ich konnte meine Vergangenheit einfach nicht abschütteln. Irgendwie wirkte ich, oder besser gesagt war ich total verklemmt.

Sex machte mir überhaupt keinen Spaß. Steif wie ein Brett im Bett, nicht bereit Liebe zu geben oder zu nehmen. Vor Gefühlen hatte ich Angst, und Vertrauen aufzubauen fiel mir unsagbar schwer.

Zeit heilt aber bekanntlich alle Wunden.

Das Verhältnis zu Harry wurde langsam etwas besser. Im Bett lief es nicht gut, aber ansonsten war es eine schöne Zeit.

Er war ein Wanderer, und wir verbrachten viel Zeit damit, auf irgendwelchen Bergen herumzuklettern.

Eines abends gingen wir in ein elegantes Restaurant.

Wir bestellten unsere Getränke und studierten die Speisekarte.

In diesem Moment höre ich ihre Stimme.

Die Stimme, welche ich unter allen Stimmen sofort heraushören würde.

Die Stimme meiner Mutter.

Wir hatten zu dieser Zeit fast überhaupt keinen Kontakt mehr.

Ich wollte das auch nicht.

Abstand wollte ich haben. Einfach nur Abstand!

Als sie schon fast an unserem Tisch vorbeigegangen war, stand doch mein Freund Harry auf, begrüßte meine Mutter überschwänglich und sprach sie mit dem Namen Anuschka an.

Ich dachte, mich trifft der Schlag!

Ich war mit einem ihrer Freier zusammen, ohne es zu wissen.

Er schläft mit mir und geht gleichzeitig als Freier zu meiner Mutter.

Der Schock saß tief. Ich dachte, das kann nicht wahr sein.

Sowas gibt es doch nicht wirklich! Da war sie wieder, meine verfluchte Vergangenheit.

Das Leben meiner Mutter hatte mich wieder einmal voll eingeholt und wieder einmal einen weiteren Teil von meinem Leben zerstört.

Ich sprang vom Stuhl auf, griff nach meiner Jacke und rannte aus dem Lokal.

Harry versuchte wochenlang, mit mir zu reden. Aber da ging nichts. Kein Wort! Was sollten da Worte klären? Ein Typ, der mit meiner Mutter im Bett war? Nein, niemals; das ging überhaupt nicht.

Diese Beziehung war sofort beendet. Nur der bittere Nachgeschmack blieb.

Zu meinem Bruder Bernd habe ich einen sehr guten Kontakt. Er sieht super gut aus, hat eine klasse schlanke sportliche und gut durchtrainierte Figur.

Jede Schwester wäre stolz auf so einen Bruder.

Da ich nicht mehr zu Hause lebe, besucht mich mein Bruder öfters. Wir verstehen uns recht gut. Wir lachen viel zusammen, und er steht mir oft einmal zur Seite.

Nur leider konnte er sich nicht bei unserer Mutter durchsetzen.

Ihn hat sie ganz in ihren Bann gezogen. Leider!

Sie kaufte und bezahlte ihm auch fast alles. Sie versuchte, ihn mit Geld zu halten. Er bekam dann auch einen Wagen von meiner Mutter geschenkt. Obwohl er noch keinen Führerschein hatte.

Ich hatte da die wesentlich schlechteren Karten. Ich wendete mich von ihr und ihrem blöden Geschäft ab und erhielt dadurch weder Geld noch irgendeine Zuwendung.

Ich stand immer alleine da.

Mein Bruder versuchte natürlich, ihr nachzueifern. Er bekam durch sein echt starkes Aussehen fast jedes Mädchen ab. Und er hatte alle, die er wollte.

Leider versucht er, genau das gleiche Geschäft zu machen, wie es meine Mutter machte.

Er schickt seine Mädchen zum Anschaffen.

In seiner Familie krachte es fast jeden Tag. Die drei stritten ohne Ende.

Meine Mutter nahm sich seine Mädchen zum Anschaffen. Sie arbeiteten mit bei meiner Mutter. Sie zahlte ihnen allerdings fast kein Geld aus.

Die Mädchen sollten mit den Männern schlafen, und sie kassiert das Geld ab.

Bernd wollte sich das natürlich nicht gefallen lassen. So folgte Streit und Streit.

Er kam aus diesem Milieu leider nicht heraus.

Er fuhr einen schicken Wagen, obwohl er keine Fahrerlaubnis hatte.

Leider griff er auch zu Drogen. Er nahm verschiedene Drogen, die langsam sein Wesen veränderten.

Später folgten verschiedene Straftaten. Unter anderem überfiel er eine Tankstelle. Dieser Raub brachte ihm dann leider einige Jahre Gefängnis ein.

Er konnte sich nicht rechtzeitig von seiner Mutter trennen.

Er kam aus den Fängen meiner Mutter nicht heraus. Sie konnte ihn immer an sich fesseln, ob mit Geld oder anderem.

Er war ihr einfach ausgeliefert, und sie nutzte das schamlos aus.

Sein weiterer Lebenslauf war nur traurig.

Er hatte leider keine Chance, aus dieser Familie zu entfliehen. Nein, er wollte das ja auch nicht. Er lebte ja gut in dieser Familie. Wie schlecht das aber wirklich für ihn war, erkannte er erst, als es bereits zu spät für ihn war.

Nun aber weiter zu meiner Geschichte.

Mein Arbeitgeber, die große Versicherungsgesellschaft, hatte mich zu einem persönlichen Gespräch eingeladen.

Meine sehr guten Erfolge hatten sich bis in die Chefetage herumgesprochen.

Meine Betriebsleiterin verriet mir, dass man mir eine tolle Aufstiegsmöglichkeit anbieten werde. Ich war selten so aufgeregt wie an diesen Tag.

Schick angezogen fuhr ich mit klopfenden Herzen in die Firma.

Die Sekretärin führte mich in die obere Chefetage.

Mein Herz schlägt mir bis zum Hals. Sitzt meine Kleidung richtig? Passt mein Makeup?

Egal, da muss ich jetzt durch!

Eine große schwere Ledergarnitur steht im Vorraum.

Ich nehme Platz und warte auf das, was jetzt auf mich zukommen würde. Ich werde richtig nervös.

Warten ist nicht meine Stärke.

Dann endlich geht die Tür auf, und ich werde in ein Büro gebeten. Das Büro ist ein richtiger Hammer. Absolut modern eingerichtet. Blumentöpfe, die zu der Farbe der Einrichtung passen.

Eine separate Sitzgruppe und ein mächtiger, fast schon Angst einflößender Schreibtisch zieren den Raum.

Ich betrete schüchtern das Büro. Ein anderer Mann begrüßt mich und stellt mir dann meinen obersten Boss vor.

„Fräulein Z., das ist Herr W. Bitte, setzen Sie sich doch!"

Das Sonnenlicht blendet mich kurz, als ich seine ganze Statur in Augenschein nehmen kann, doch erkenne ich den Freier meiner Mutter, den Paul W. wieder.

Er sitzt hinter seinem Schreibtisch und schaut mich an.

Dann eine Pause. Viel zu lang.

Er reicht mir seine Hand zur Begrüßung entgegen, und ich sehe in seinem Blick, dass auch er mich erkannt hat.

Ich reiche ihm meine Hand und erwidere seinen Gruß.

Es ist uns beiden äußerst peinlich. Er weiß nicht, wie er reagieren soll.

Mit so einer Konfrontation haben wir beide nicht gerechnet.

Das war also mein oberster Boss. Der Typ, den ich damals schlagen musste. Na Klasse!

Nein, hier konnte und wollte ich meine weitere Zukunft nicht bereden. Er war der absolut falsche Mensch dafür. Hier konnte ich auch nicht länger arbeiten. Das ging ja gar nicht.

Ich verließ fluchtartig sein Büro und kündigte kurz darauf das Arbeitsverhältnis mit sofortiger Wirkung.

Da ich freiberuflich gearbeitet hatte, war das überhaupt kein Problem.

Immer wieder wurde ich von meiner Vergangenheit eingeholt. Ich hatte in dieser Stadt einfach keine Zukunft.

Ich glaubte damals, ich hätte überhaupt nirgendwo eine Zukunft.

Was sollte ich nur machen?

Meine Überlegungen gingen dahin, in eine weit entfernte Stadt zu ziehen. Aber irgendwie fehlte mir dazu auch der Mut.

Der darauffolgende Abend sollte jedoch mein ganzes weiteres Leben verändern.

Es war ein schöner lauer Sommerabend an einem Freitag.

Ich hatte mich mit meinen drei besten Freundinnen in einem Bistro namens „Treibhaus" verabredet. Dieses Bistro hatte eine urige alte und interessante Atmosphäre.

Wir sitzen so an dem langen Tresen und genießen unsere Cocktails. Einen kurzen Augenblick später betritt ein Mann das Bistro. Das Lokal hat Schwingtüren, wie sie früher die Saloons hatten.

Er kommt einfach herein und sieht sich um. Für den Bruchteil einer Sekunde treffen sich unsere Blicke.

Dann setzt er sich gegenüber von uns hin und schaut zu mir herüber.

Wie gut er aussieht! Er ist etwa einen Meter achtzig groß. Hat eine wahnsinnige super Figur. Seine Taille ist sehr schlank. Seine Haut ist sonnengebräunt, und er hat sehr schöne Hände.

Die Haare sind fast schwarz und gelockt, ein Oberlippenbart schmückt sein schönes Gesicht.

Er hat die schönsten braunen Augen, die ich je gesehen habe. Und einen Blick, der mich glatt umwirft.

Ja, es hat mich voll erwischt!

So etwas habe ich vorher nicht erlebt und später auch nie mehr.

Mein Herz raste total, ich konnte meinen Blick nicht mehr von ihm lassen. Und immer wieder schaute er mich an. Wir führen mit unseren Blicken ein Gespräch. Das klingt vielleicht kindisch, aber so war es.

Ich dachte jeden Augenblick: „Das ist er, er ist mein Mann, den will ich haben!" Ja, so waren meine Gedanken.

Einen Augenblick später war mein Traummann an meiner Seite. Er lud mich zu einem Drink ein und begann mit mir zu flirten. Nur zu gerne ließ ich mich auf diesen Flirt ein. Ich genoss jede Aufmerksamkeit von ihm.

Dann verabschiedeten wir uns von meinen Freundinnen, und er lud mich zu einer Spritztour in seinem heißen Sportwagen ein. Er fuhr damals eine Corvette, stahlblau mit weißen Ledersitzen. Einen Augenblick lang dachte ich noch, er wird doch wohl kein Zuhälter sein? So ein bisschen sah er ja schon danach aus.

Es stellte sich aber heraus, dass er auch im Versicherungsfach tätig war. Er war einer der besten Außendienstler bei einer der größten deutschen Versicherungsgesellschaften.

Er verdiente viel Geld und konnte sich daher diesen schicken Sportwagen leisten. Er bewohnte ein traumhaft schönes Haus und war einer der wenigen Menschen, die immer gute Laune haben.

Durch seine Beziehungen brachte er mich auch bei dieser Versicherung unter, wodurch wir ab sofort zusammen arbeiten konnten und unzertrennlich wurden.

Von Anfang an spielte ich bei diesem Mann mit offenen Karten. Ich erzählte ihm von meiner Jugend. Ich erzählte ihm von meiner Mutter und ihrem Geschäft.

Ja, ich erzählte ihm viel, aber auch nicht alles.

Dann folgten definitiv die schönsten Jahre meines Lebens.

Ja, ich heiratete diesen Traummann im siebten Jahr unserer Beziehung.

Meine Eltern sind natürlich zu unserer Hochzeit nicht gekommen.

Das war mir aber auch vollkommen egal.

Jetzt hatte ich das, was ich mir schon mein Leben lang gewünscht hatte: einen wahren Schatz!

Ich feiere bald meinen einundfünfzigsten Geburtstag und freue mich auf ein schönes Fest. Das größte Glück dieser Welt ist es jedoch für mich, meinen Traummann an meiner Seite zu haben. Er ist der tollste Schatz, den ich jemals finden konnte.

In meiner wunderschönen Ehe hatte ich noch das unsagbare Glück, die zwei liebsten Kinder der Welt zu bekommen.

Meine Tochter, jetzt zwanzig Jahre jung, und meinen Sohn, jetzt dreiundzwanzig Jahre jung.

Die zwei sind für mich einfach Spitze!

Egal, was los ist, egal, was ich mal brauche, sie sind immer für mich da! Ja, immer!.

Sie gehören mit meinem ewig lieben Mann zu den größten Schätzen auf dieser wunderschönen Welt.

Ich kann mich hundertprozentig auf ihn verlassen. Auf alle drei!

Wer solche Kinder hat, darf sich glücklich schätzen.

Die schönsten Jahre meines Lebens durfte ich ihnen geben.

Jede Sekunde, jeder Tag war ein Geschenk für mich.

Ich liebe meine Drei wie keine anderen Menschen auf dieser schönen Welt.

Und ich habe alles mit ihnen gemacht. Vom Drachenbauen, mit der Hilfe meines Mannes, bis hin zum Ponyreiten und vieles mehr.

Ja, die schönste Zeit in meinem Leben durfte ich mit meiner Familie verbringen!

Ich freue mich so sehr, dass ich einen Sohn und eine Tochter habe.

Meine Tochter ist eine kleine süße eigenwillige Maus. Ja, sie hat auch ihren kleinen Dickkopf, aber ich liebe sie so, wie sie ist! Sie ist ein Schatz.

Manchmal quer durch, aber mit so viel Herz, dass man sie nur lieben kann. Halt meine Lieblingstochter.

Heute arbeite ich mir ihr zusammen in unserem Familienunternehmen.

Jeden Morgen, wenn meine Bürotür aufgeht und meine kleine süße Maus ihren Kopf hereinsteckt und ruft: „Guten Morgen, Mom!“ , dann weiß ich, dass ich es richtig gemacht habe.

Wir führen innerbetrieblich unsere Firma. Ich bin unsagbar stolz darauf, so eine Partnerin an meiner Seite zu haben.

Ja, ich habe nicht nur eine Partnerin in der Firma, sondern eine ewig süße Tochter und Freundin.

Ich erfülle ihr bestimmt viel zu viele Wünsche, aber nur jemand, der meine Jugend hatte, kann das nachvollziehen.

Und sie gibt mir jedes Gefühl meiner Liebe tausend Mal zurück.

Dann mein Lieblingssohn.

So nenne ich ihn immer. Er ist ein ewig süßer Schatz.

Er ist so ein Typ, der klarmacht: Ich halte zu dir.

Egal, was auch immer sein kann, er ist an meiner Seite.

Er stärkt mir den Rücken und ist wann auch immer für mich da.

Egal, welchen Wunsch ich auch habe, er erfüllt ihn mir.

Egal, was ich brauche, er macht es wahr.

Beide Kinder kennen meine Vergangenheit.

Sie haben mir dazu geraten, dieses Buch zu schreiben, um dadurch meine Vergangenheit besser bewältigen zu können.

Ja, es hat mir sehr geholfen. Aber richtig frei werde ich nie werden, dazu habe ich in meiner Kindheit zuviel Schreckliches erleben müssen.

Ich wollte meine Kinder nicht belügen. Ich musste einen Schlussstrich unter dieses Kapitel ziehen.

Zu meinen Eltern habe ich keinen Kontakt mehr. Es war nicht möglich, mit meiner Mutter in irgendeiner Form einen normalen Umgang zu pflegen.

Jetzt, im Alter von fünfundsiebzig Jahren, sind beide alleine.

Das aber war nicht meine Entscheidung. Das hat meine Mutter, die einst so bekannte Domina, selbst so entschieden.

An dieser Stelle möchte ich ein ganz dickes Dankeschön an meine Schwiegereltern sagen. Sie standen mir in all den Jahren immer zur Seite. Sie liebten mich wie eine eigene Tochter. Ich liebe sie.

Danke, dass ihr immer für mich da wart und seid!

Durch euch durfte ich erfahren, wie schön es sein kann, eine Tochter zu sein.

Jeder Mensch oder jede Tochter, deren Mutter das gleiche Gewerbe ausübt wie meine Mutter, hat das Recht auf ein eigenes Leben.

Das Leben bekommt man oft nicht geschenkt, man muss dafür auch einige Zugeständnisse machen, man muss einen eigenen Kampfgeist aufbauen, man muss einfach sagen: So will ich nicht leben!

Wenn man diesen Punkt erreicht hat und man sich selber sagt, ich muss da raus, ich will da weg, dann kann es jeder schaffen.

Ich möchte jedem Menschen und besonders den jungen Mädchen, die sich vielleicht in einer ähnlichen Situation befinden, sagen, sie sollen einfach rausgehen. Zu sich selber sagen: „Nein, da mache ich nicht mit!“

Sich selber dafür einsetzen und bereit sein zu kämpfen, um ein anderes Leben führen zu können.

Es lohnt sich immer!

Danke für Ihre Aufmerksamkeit!

Nachtrag für das Jugendamt in [redacted]

Ich war ungefähr neun Jahre alt, da wurden mein Bruder und ich von der Polizei in Nürnberg aus unserer Wohnung geholt.

Nach einer gefühlten Ewigkeit kamen zwei Nonnen von einem Kinderheim und holten uns von diesem Polizeipräsidium ab.

Dann wurden mein Bruder und ich in ein Kinderheim gebracht, wo wir die nächsten Monate verbringen mussten.

Wir erhielten keine Information darüber, warum wir in dieses Heim kamen und für so lange Zeit dort bleiben mussten.

Jahre später erfuhren wir, dass unsere Mutter zu dieser Zeit im Gefängnis war.

Nachdem viele Monate vergangen waren, wurden wir am 17.01.1970 von unserem Vater aus dem Kinderheim (Erlangen-Buckenhofen) geholt und mussten wieder zu Hause wohnen.

Ich frage mich heute, warum das Jugendamt keine weiteren Kontrollen durchgeführt hat.

Man kann und darf doch nicht zwei kleine Kinder im Alter von zehn und elfeinhalb Jahren wieder in einen Bordellbetrieb stecken!

Ich klage hiermit das Jugendamt öffentlich an, mir in dieser Situation nicht geholfen zu haben! Viel Leid wäre mir erspart geblieben, hätten diese Leute ihre Pflicht erfüllt und ihre Verantwortung wahrgenommen!

Aber nein, da kam keiner mehr. Die Kinder zurück ins Bordell gesteckt, die Augen schließen und schweigen.

Ich wünsche allen anderen Kindern, die sich auch in einer Notlage befinden, ein Jugendamt, welches seine Aufgaben ernst nimmt und den Kindern hilft. Die hätten mir helfen können. *Ich mir nicht.*

Etablissement für Liebesdienste in Maxfeld ausgehoben

Fußpflege-Salon vermittelte auch Modell aus Jamaika

Die 41jährige Inhaberin beteiligte sich selbst an den Sexspielen Eine Namens- und Telefonliste gibt Aufschluß über die Kundschaft

Ein Salon in Maxfeld begnügte sich nicht mit der Massage und Fußpflege. Die Inhaberin wollte „höher" hinaus, ihre Damen erfüllten auch persönliche Intimwünsche.

Dieses Verhalten war nicht allen recht. Die Polizei erfuhr davon und interessierte sich sowohl für den Salon als auch für seine Gepflogenheiten, allerdings nur dienstlich.

Das Ergebnis des amtlichen Interesses: gegen die 41 Jahre alte Saloninhaberin wird wegen Zuhälterei und Förderung der Prostitution ermittelt.

Die Inhaberin, [redacted], hatte ganz seriös in einer Nürnberger Zeitung unter Gesundheitspflege inseriert und ihre Dienste als Fachkraft angeboten. Zu ihren Kundinnen zählten auch Damen, die sich sonst als Modelle anzubieten pflegen. Darin sah [redacted] die Möglichkeit zu einem einträglichen Geschäft auf Gegenseitigkeit.

Die Hoffnungen trogen für beide Seiten nicht. Davon zeugt eine Namens- und Telefonliste, die bei einer späteren Geschäftsdurchsuchung gefunden wurde.

Der Betrieb des „liebenswürdigen" Etablissements wurde so abgewickelt, daß die Inhaberin ihren Kunden die Mädchen diskret anbot und dabei auch individuelle Wünsche an Alter, Aussehen und Begabungen freistellte. Nach den bisherigen polizeilichen Ermittlungen standen Frauen und Mädchen zwischen 20 und 47 Jahren zur Auswahl. Das „Angebot" beschränkte sich jedoch nicht ausschließlich auf Prostituierte. Eine dunkelhäutige Schönheit aus Jamaika stand als Topmodell ebenfalls auf Abruf bereit.

Meist wurden die vereinbarten Schäferstündchen — Preis: zwischen 150 und 300 Mark — im Salon ausgeführt. Dabei traten die Intimpartnerinnen als „solide Hausfrauen" auf, die sich angeblich aus Spaß zu den Sexspielen bereit zeigten. Auch die Inhaberin persönlich war beteiligt.

Damit bei der Kundschaft nicht etwa der Verdacht aufkommen konnte, es könne sich bei diesem Salon um ein getarntes Bordell handeln, mußten die Herren Interessenten auch nicht ihren Liebeslohn an die jeweiligen Damen, sondern an die Inhaberin selbst entrichten.

2599987R00048

Printed in Germany
by Amazon Distribution
GmbH, Leipzig